뉴질랜드
캠핑카 여행기

뉴질랜드 캠핑카 여행기

초 판 1쇄 2023년 09월 25일

지은이 박수진
펴낸이 류종렬

펴낸곳 미다스북스
본부장 임종익
편집장 이다경
책임진행 김가영, 신은서, 박유진, 윤가희, 정보미

등록 2001년 3월 21일 제2001-000040호
주소 서울시 마포구 양화로 133 서교타워 711호
전화 02) 322-7802~3
팩스 02) 6007-1845
블로그 http://blog.naver.com/midasbooks
전자주소 midasbooks@hanmail.net
페이스북 https://www.facebook.com/midasbooks425
인스타그램 https://www.instagram/midasbooks

© 박수진, 미다스북스 2023, *Printed in Korea.*

ISBN 979-11-6910-333-6 03810

값 20,000원

미다스북스는 다음세대에게 필요한 지혜와 교양을 생각합니다.

뉴질랜드 캠핑카 여행기

자유와 낭만, 고생의 대서사시

박수진 지음

미다스북스

그들은 어떻게 뉴질랜드로
떠나게 되었나?

✳

 한참 집안에서 빔 프로젝터 쏘는 것에 빠져 있던 예비 남편의 좁은 자취방에서 한 유튜브 채널을 시청 중이었다. 굳이 대낮부터 암막 커튼을 치고 빔 프로젝터를 비춘 벽면 스크린에는 세 청년의 캠핑카 여행 장면이 흐르고 있었다.

 "이거 딱 우리 취향인데?"

 그렇게 가슴속 깊이 품고 있던 캠핑카 여행에 대한 로망이 불쑥 고개를 들었다. 그리고 막연했던 신혼여행에 대한 계획이 '캠핑카 여행'으로 굳혀져갔다. 번잡스러운 도심보다는 대자연 속으로 떠나는 로드트립이 좋겠다며, 행선지도 뉴질랜드로 결정했다. 모든 것이 한마음 한뜻으로 순조롭게 착착 준비되는 것 같았다.

돌아보면, 나는 이 여행을 '설레는 둘만의 캠핑카 여행'이라기보다는 그 이름도 무시무시한 '결혼 준비'의 한 부분으로 여겼던 것 같다. 웨딩플래너도 없이 토요일 저녁 6시 야외 전통 혼례를 준비하던 우리 '결혼 준비 TF'의 구성원은 딸랑 남편과 나뿐이었다. 모든 것이 처음인 우리 둘이서 하나부터 열까지 다 챙겨야 하니, 여간 복잡한 것이 아니었다.

게다가 남편과 내가 가진 디테일의 차이는 생각보다 훨씬 큰 간극을 드러냈다. 남편은 청첩장 디자인을 고른 후 수첩을 열어 '청첩장 제작'에 완료를 뜻하는 두 줄을 죽죽 그었다. 하지만 나는 디자인, 초대글, 식장 오시는 길의 지도 모양, 글씨체와 배치까지 완료된 후에야 두 줄을 그었다. 결국 속이 더 타는 것은 언제나 나였다.

결혼식이 가까울수록 챙길 것들은 더욱 많아졌다. 결국 조금 더 디테일한 내가 매우 권위적인 TF 팀장 역할을 맡았다. 매주 준비할 것들의 목록을 공개하고 각자 완료된 것들을 일요일에 만나 브리핑하는 식으로 산적한 과제들을 해결해가고 있었다. 결혼식 준비에 더해 신혼집 이사

준비, 그리고 휘몰아치는 회사 업무로 이미 숨 가쁜 우리의 하루 중 어느 시간을 쪼개어 여행준비를 해야 할지 도무지 감이 잡히지 않았다. 처음에는 호기롭게 뉴질랜드 캠핑카 여행을 떠나자고 외쳤지만, 모든 것에 지쳐갈수록 편안하게 휴양지에 가서 쉬고만 싶었다. 에너자이저 같던 내 체력에도 빨간불이 들어와 생전 처음 수액이라는 것도 두 번이나 맞았다. 수액을 맞으며 좁은 병실에 누워 있자니, 휴양지의 에메랄드빛 바다가가 눈앞에 아른거렸다. 선베드에 길게 누워 시원한 칵테일 한잔하며 푹 쉴 수 있다면 전 재산이라도 내놓을 수 있을 것 같았다. 신혼집 마련으로 재산 총액이 마이너스가 되었기 때문에 쉽게 내놓을 수 있는데 말이다.

여행 준비를 하지 못한 채 하루하루가 흐를수록 조급해진 나는 발리 풀빌라로 가는 게 어떠냐고 남편에게 거듭 제안했다. 당장 뉴질랜드에 도착해서 동서남북 어디로 갈지 모르는 상황보다는, 풀빌라에서 며칠 푹 쉬고 오는 게 낫지 않겠냐고 남편을 설득했다. 평소 내 의견을 많이 따라주던 나의 유일한 TF 팀원이자 결혼의 동반자 혹은 상대자인 남편은 어쩐 일로 신혼여행만큼은 단호하게 뉴질랜드 캠핑카 여행을 고집했다. 이번에 발리에 다녀온다면 모험심 충만한 내가 분명 만족하지 못할 거라는 게 가장 큰 이유였다.

평소 나무늘보 같던 남편은 갈대 같은 내 마음을 감지한 후 재빨리 캠핑카를 예약했다. 그리고 멀리 뉴질랜드 캠핑카 회사에 계약금을 부쳤다. 그렇게 우리의 신혼 여행지는 더 이상의 고민 없이 뉴질랜드로 굳혀졌다.

TF의 과제 맨 아래 '캠핑카 여행 준비' 항목이 하나 더 생성되었다. '남편투어'만 믿으라며 큰소리치던 남편은 캠핑카 예약 이외의 다른 준비는 하지는 않는 것으로 보였다. 아마 캠핑카 예약 후 '캠핑카 여행 준비' 항목에도 이미 두 줄을 그은 것으로 짐작되었다. 가끔 내가 우리의 동선을 물어볼 때마다 걱정하지 말라고만 했다. 매우 즉흥형(P)인 남편이 믿으라 큰소리치던 남편투어는 계획형(J)인 내 눈에 미심쩍은 부분이 많았지만, 하루하루 분주했던 그 시절에는 그냥 믿고 싶었던 것 같다.

그렇게 많은 것이 미심쩍은 가운데, 우리는 뉴질랜드로 떠났다. 새로운 인생과 함께 여행이 시작된 그날, 복잡하고 어렵고 피곤하지만 설레고 행복했던 그날의 이야기부터 시작해 보려 한다.

#1.

출발,

새로운
인생도
여행도

뉴질랜드 캠핑카 여행기

결혼을 했다.

오늘 가족과 친구들 앞에서 이 자와 평생을 함께하겠노라 선언을 했다. 잘한 일일까?

보통은 내가 먼저 좋은 아내가 되겠다는 다짐을 한다던데, 역시나 못된 나는 당신이 잘하면 나도 잘하겠다는 생각을 했다. 착하고 순한 당신은 좋은 남편이 되겠다는 다짐을 수없이 하는 것 같았다.

저녁 6시 야외 전통 혼례를 치른 우리는 모든 정리를 마치고 짙은 어둠이 깔린 늦은 밤 인천공항에 도착했다. 우리가 탈 비행기는 식 다음 날 아침 9시 출발이었다. 늦어도 7시까지는 공항에 도착해야 하니, 공항 내 호텔에서 '첫날밤'을 보낼 계획이다. 공항 근처에 화려한 호텔들이 많다지만, 새벽에 일어나 이동해야 한다는 점을 고려하면 공항 내 호텔이 최고의 선택이었다. 볼에 경련이 날 정도로 종일 웃음을 머금은 채 수많은 이들의 관심을 받아낸 우리는 물에 젖은 스펀지라도 매달아 놓은 양 무거운 한 발 한 발을 떼어 호텔로 향했다.

인천공항 내 캡슐호텔은 기대 이상으로 깨끗하고 현대적이었다. 쉐라톤 호텔과 같은 침구를 사용한다는 점을 강조해 놓은 곳답게 폭신폭신한 거위 털 베개의 감촉이 꽤 만족스러웠다. 다만 방 안이 협소해 30인치,

26인치 캐리어 두 개를 넣은 상태로는 화장실 문을 열 수조차 없었다. 테트리스처럼 캐리어를 요리조리 옮기며 화장실을 번갈아 사용했다. 거울을 보며 무거운 머리카락 속에서 약 250개 정도의 실핀을 제거했다. 아직 150개 정도가 남아 있는 것 같았지만, 스프레이로 고정되어 돌처럼 굳어버린 방어체계를 맨손으로 뚫기란 불가능해 보였다.

"남편, 아무래도 남한산성 성벽보다 더 단단한 내 머리카락 때문에 우선 씻는 게 좋겠어!"

"응, 그럼 여기 안에서 얼른 씻어. 내가 공용 욕실에 가서 빨리 씻고 올게."

양보와 배려가 인간으로 태어나면 당신이겠지. 순간 결혼을 잘한 것 같다는 생각이 들었다.

우리가 이렇게 서두르는 데에는 다 이유가 있었다. 식이 끝나고 긴장이 풀린 어느 시점부터 톡 쏘는 시원한 맥주가 간절했다. 공항으로 향하는 차 안에서는 빨리 도착해 맥주를 마시자는 이야기만 한 시간가량을 나누었던 것 같다. 신속한 개인 정비 후 만난 우리는 신난 얼굴로 한 가지를 외쳤다.

"이제 드디어 맥주!"

둘째가라면 서러운 애주가 커플, 아니 부부는 힘든 몸을 이끌고 다시 호텔을 벗어나 공항 편의점으로 향했다. 도착하자마자 푹 쉬기만 해도 대여섯 시간 후면 출발해야 하는 상황이었지만, 맥주를 빼놓을 수는 없는 노릇이었다. 우리의 마음을 아는지 모르는지 편의점은 사막의 오아시스처럼 멀게만 느껴졌다. 대한민국의 자랑, 드넓은 인천공항의 광활한 면적이 이날만큼은 어찌나 야속하던지.

종일 먹은 것은 없었지만, 허기가 느껴지지 않았다. 긴장 상태가 너무 오래 지속되어 다른 감각들은 사라져 버린 것만 같았다. 하지만 기본 구성을 갖추기 위하여 치킨을 주문했고, 맥주는 가볍게 500ml 여섯 캔을 샀다. 내일을 위해 너무 도수를 높이지는 말자며 신중하게 주종을 고르는 우리가 참 천생연분이라는 생각을 했다. 큰일을 잘 치러냈다는 안도감과 이제 쉬어도 된다는 해방감, 치맥에 대한 기대감이 몰려와 한껏 기분이 좋아졌다. 시원한 맥주 캔과 치킨을 한아름 안고 돌아가는 길은 구름 위를 걷는 것처럼 가벼웠다.

연애 시절의 많은 날들처럼 TV를 켜고 치킨과 함께 맥주를 마셨다. 우리의 관계는 연인에서 부부로 바뀌었고 인생의 정말 특별한 날이라지만, 이미 일상 속으로 돌아온 듯 익숙한 느낌이었다. 그러나 피곤함에 취했기 때문일까, 치킨 두어 조각과 맥주 한 캔을 채 끝내기도 전에 잠이 들어 버렸다.

띠리리리링, 띠리리리링.

6시가 되자 알람이 울렸다. 알람 소리가 이렇게 야속할 때가! 치킨 바스켓을 끌어안은 자세 그대로 기상한 우리는 허무하게 식어버린 수북한 치킨을 보며 피식 웃음을 터뜨렸다.

자, 이럴 때가 아니다! 뉴질랜드가 우리를 기다린다고!

#2.

남편투어,
예상치 못한
무계획 여행의
시작

뉴질랜드 캠핑카 여행기

한껏 설렘에 부푼 우리를 뉴질랜드에 데려다줄 비행 편은 싱가포르항 공으로 싱가포르 창이국제공항을 경유하는 일정이었다. 싱가포르항공은 서비스 품질이 좋기로 유명한 항공사로 알고 있는데, 첫 탑승이라 적잖은 기대감이 들었다. 특히 마음에 들었던 것은, 예약 시 허니문이라고 적어두면 웨딩케이크와 샴페인을 준비해 준다는 점이었다. 하늘 위의 웨딩 케이크, 얼마나 특별한 맛일지 더욱 설레었다.

이른 아침의 인천공항은 많은 인파로 북적였다. 호텔에서 나와 승강기를 한 번 타고 내리니 바로 출국장이었다. 방이 좀 협소하긴 했지만, 공항 내 숙박은 역시 최고의 선택이었다.

두 시간 전에 도착했음에도 수속 카운터 쪽에는 이미 약 한 시간어치의 사람들이 긴 똬리를 틀고 있었다. 평소 해외 출장이 잦은 나는 성가시고 지루한 공항 수속 시간을 늘 괴로워하곤 했다. 출장 일행을 기다린 후 함께 발권을 하고, 보안 검색대 앞에서 전자기기를 꺼내 바구니에 넣고, 출국 심사 후 다시 대기. 면세점에서 대단히 많은 것을 사지 않는 이상 특별할 것도, 재미있을 것도 없는 시간이었다. 그런데 일이 아닌 여행으로, 그것도 남편과 함께하는 이 과정은 조금 다른 느낌이었다. 모험을 떠나는 소년의 설렘이 이런 걸까? 내 앞에 펼쳐질 뉴질랜드 여행에 대한 떨림인지, 결혼 후 새로운 삶에 대한 기대감인지 명확히 구별할 수는 없지만 계속되는 설렘과 기분 좋은 떨림으로 지루할 틈이 없었다.

수다를 떠는 사이 탑승 시각이 되었고, 널찍한 기내로 들어섰다. 일찍 탑승하여 자리를 잡은 우리는 탑승이 마무리될 때까지 긴장을 늦출 수 없었다. 좌석번호를 상당히 모험적으로 잡아두었기 때문이다. 우리가 탑승한 항공기는 좌석이 3-3-3 배열로 되어 있었는데, 예약 상황을 보니 그리 붐비지는 않을 것이라 예상이 되었다. 남편은 창 측, 나는 복도 측 좌석을 예매했다. 만석이 되지 않는 이상 굳이 가운데 자리로 예약을 할 사람은 없을 것이라는 모험적 노림수였다. 혹시 누군가 우리 사이에 자리를 잡는 것이 아닌지 탑승이 마감될 때까지 손에 땀을 쥐었다. 세상이 우리를 갈라놓지 않기를 바라는 간절한 염원을 담아 두 마리 미어캣처럼 사람들의 움직임을 주시했다. 많은 사람들이 아슬아슬 우리 자리를 스쳐 지나갔고, 항공기 내 여기저기서 "Clear!" 소리가 들리더니 탑승이 마감되었다.

우리 좌석 사이에는 아무도 들어오지 않았다. 모험적 노림수는 인천에서 싱가포르까지의 구간뿐만 아니라 왕복 네 구간 모두 완벽하게 통했다. 우리 두 사람은 세 자리를 다 차지하고 아주 넉넉하고 편안하게 오갈 수 있었다.

싱가포르항공의 서비스는 기대했던 대로 훌륭했다. 첫 번째 기내식을 먹고 휴식을 취하면서 달콤한 무언가가 있으면 좋겠다고 생각하던 그때, 승무원이 친절한 미소와 함께 우리의 웨딩케이크와 샴페인을 가져다주었다. 길쭉한 유리잔에 찰랑찰랑 담겨 있는 청량한 샴페인과 보기만 해도 입안이 달콤해지는 치즈케이크였다. 변함없이 사랑하자고, 행복하게 살자고 다짐하며 샴페인 잔을 부딪쳤다. 늘 소주잔으로 '짠!'을 하던 우리에게 왠지 어울리지 않는 것 같은 느낌을 지울 수는 없었지만, 굳은 다짐만은 영원하기를.

"남편, 내가 50살 되어도 매일 손 붙잡고 다닐 거야?"

"당연하지!"

"70살에는?"

"당연하지!"

"80살에는?"

"110살까지 손 꼭 잡고 다닐 거야."

"남편, 그쯤 되면 누구 하나는 세상을 떠나지 않을까?"

"따라 죽을 거야!"

그 굳은 다짐이 영원하기를.

하늘 길에서 즐기는 달콤한 샴페인과 케이크의 영향일까? 남편은 자꾸 무리수를 던졌고, 알면서도 속아주는 내 눈에는 그가 더없이 사랑스러웠다.

꿍냥꿍냥 하는 사이, 싱가포르 창이국제공항에 도착했다. 듣던 대로 엄청난 규모를 자랑하는 공항이었다. 우리는 트레인을 타고 경유 편 탑승동으로 이동했다. 탑승 수속을 위한 카운터를 찾던 중에 공항 내 곳곳에 설치된 태블릿이 보였다. 세계적인 IT 강국 출신의 두 청년에게는 가장 반가운 것이었다.

망설임 없이 태블릿 앞에 서서 금세 셀프체크인을 완료하고는 공항 구경을 나섰다. 음식 박람회라도 열린 듯 전 세계 음식들이 즐비했다. 음식 냄새에 시장기가 발동한 우리는 소박한 쌀국수를 골라 허기를 달랬다. 면세점에서는 뉴질랜드의 강렬한 햇살로부터 눈을 보호해 줄 선글라스도 하나 구입했다. 창이공항에서 가장 인상 깊었던 점은 공항 내 안마의자와 침대 같은 긴 안락의자를 비롯한 각종 편의시설들이 무료로 제공되고 있다는 점이었다.

아프리카, 중남미 지역으로 출장을 다니면 보통 2, 3회씩 경유를 하는데, 공항시설 중 의자의 중요성은 아무리 강조해도 부족하다. 철제 직각

등받이에 칸칸이 손잡이까지 올라와 편히 앉을 수도, 누울 수도 없는 의자만 가득한 심술궂은 공항을 거쳐 가는 일정은 피로감이 족히 배가 되기 때문이다. 그런데 무려 무료 안마의자라니! 아직 다 풀리지 않은 어제의 피로를 안마의자로 털어내고 싶은 소망을 품고 그 앞을 수차례 서성였다. 하지만 이 또한 인류 보편적인 욕구인 것인가? 글로벌 눈치 경쟁이 너무나 치열해 도무지 뚫고 들어갈 틈을 찾을 수가 없었다. 아직 낯이 충분히 두껍지 못한 30대 젊은이가 끼어들 수 있는 판이 아니었다.

아쉬움을 한가득 안고 돌아서 나와 아무도 찾지 않는 딱딱한 의자에 자리를 잡았다. 자리를 잡고 앉자마자 남편은 부랴부랴 노트북을 열었다. 신혼여행으로 광활한 뉴질랜드 캠핑카 투어가 정말 괜찮을지 고민하던 나에게 남편투어만 믿으라고 큰소리치던 그는 싱가포르에서 처음으로 여행 계획을 세우는 눈치였다. 캠핑카를 예약해 두었다고 자랑하기에 철석같이 믿었는데, 정말 캠핑카만 예약했던 것이다.

가만히 눈을 감으니, 머나먼 뉴질랜드에 도착하여 캠핑카 시동을 걸었는데, 당장 어디로 가야 할지 몰라 우왕좌왕하는 우리 모습이 그려졌다. 나는 어쩌면 오래전부터 짐작했던 이 상황에 옅은 웃음이 났다. 즉흥적인 걸로 둘째가라면 서러울 그의 계획을 믿었던 과거의 나 자신을 호되게 꾸짖었다. 부부는 고난과 역경을 이겨내며 단단해진다고들 하던데, 이번 여행에서 많이 단단해질 것 같다는 불길한 예감이 스쳤다. 그리고 불길한 예감은 틀리지 않았다.

#3.

뉴질랜드 도착,
만만치 않은
입국심사

뉴질랜드 캠핑카 여행기

캐리어 하나씩 들고 백팩 하나씩 메고, 기나긴 하늘 길을 날아 드디어 도착했다. 우리는 뉴질랜드 남섬을 여행할 예정이므로 오클랜드가 아닌 크라이스트처치가 긴 여정의 출발점이 되었다. 크라이스트처치는 뉴질랜드 남섬 최대의 도시로 남북으로 긴 남섬의 중간쯤에 위치해 캠핑카 여행의 출발점으로 아주 적합했다.

뉴질랜드의 광활한 대륙은 크게 북섬과 남섬으로 나뉘는데, 보통 뉴질랜드 여행이라고 하면 상대적으로 훨씬 번화하고 현대적인 북섬으로 향하는 경우가 많다. 뉴질랜드 비행 편 중 대부분이 뉴질랜드 최대 도시인 북섬의 오클랜드행인 점만 보아도 쉽게 알 수 있다. 우리는 뉴질랜드 캠핑카 여행을 계획하면서 바삐 다니기보다는 여유를 즐기는 쪽으로 노선을 정했다. 북섬, 남섬 중 한 곳만 돌아보는 것으로 하였고, 큰 망설임 없이 남섬을 외쳤다. 인구밀도와 첨단기술로 둘째가라면 서러울 대한민국에 뿌리를 둔 우리가 굳이 번화하고 현대적인 곳을 찾아갈 이유는 없을 것 같았기 때문이다. 게다가, 비좁기로도 둘째가라면 서러울 서울에서 치열하게 살아왔던 우리에게, 남섬의 한산함과 드넓은 대자연은 아주 매력적으로 다가왔다.

크라이스트처치 공항은 생각보다 아주 아담했다. 우리나라와 계절이 반대인 뉴질랜드의 6월 말은 추운 겨울이 시작되는 시점이었고, 여행으

로 치면 비수기였다. 이때만 해도 알지 못했다. 뉴질랜드 남섬에서 웬만해서는 사람이 붐비는 광경은 보기 힘들다는 것을, 사람보다는 양떼와훨씬 많은 인사를 나누게 되리라는 것을 말이다.

공항이 한산해서 정말 편리하다는 말을 수도 없이 주고받으며 신속하게 입국 절차를 밟았다. 모든 것이 착착 순조롭게 진행되는 것만 같던 그때, 사건은 마지막 수하물 찾는 곳에서 발생하였다. 짐을 찾으러 가자마자, 제복을 입은 남성 두 명이 우리를 불렀다.

어느 나라에서든 공항에서 제복 입고 근무하는 분들은 왜 이렇게 무서운 기운을 풍기는 것일까? 전 세계 공통의 채용 규정이라도 있는 것인지의심스러울 지경이었다. 그들은 우리 가방에 들어 있는 식품들에 문제를삼았다. 요리를 전혀 할 줄 모르는 서투른 신혼부부의 캠핑카 여행이 걱정되었던 양가 부모님께서 온갖 밑반찬들을 싸주셨는데, 대부분이 상할걱정이 없는 장아찌류였다. 그들은 심각한 얼굴로 우리 엄마표 양파장아찌 병을 들어 보이며, 채소류인 것 같은데 요리한 것인지, 얼마나 된 것인지 물었다. 나는 불에 익힌 것은 아니지만 대략 2년쯤 되었을 것이라고말했다. 잠시 당황하는 눈빛을 교환하던 그들은 다시 오이장아찌를 들어 보이며 이것은 얼마나 된 것이냐 물었다. 내가 3년쯤 되었을 것이라고대답하자 눈빛이 더욱 흔들렸다. 잠시 뒤쪽 공간으로 자리를 옮긴 두 남성은 〈100분 토론〉 패널이라도 된 듯이 한참을 이야기했다. 10분쯤 흘렀을까(내게는 한 시간 같았다.) 근엄한 얼굴로 돌아와 조용히 가도 좋다며 우리를 놓아주었다.

한국 염장식품의 위력으로 첫 번째 작은 난관을 넘어 짐을 찾고 밖으로 나오니 통신사 부스들이 보였다. 어느 통신사의 심(SIM)카드를 살까 둘러볼 것도 없이 우리는 vodafone으로 향했다. 외국에서 쉽게 주눅 드는 것으로 둘째가라면 서러운 우리에게 "뉴질랜드 심카드는 여기(vodafone)서 사세요!"라고 붉고 강렬하게 쓰인 간판은 거역할 수 없는 강제성으로 다가왔다.

더불어, 미리 알아본 바에 따르면 vodafone이 서비스나 통화 품질 면에서 가장 좋다고도 했다. 우리는 49불짜리 트래블 심카드를 구입했고, 여행 기간 내내 부족함 없이 잘 사용했다. 당시 뉴질랜드 $1가 800원 정도였던 것을 감안하면, 그리 비싼 편은 아니었다. 결제한 후 신용카드 크기의 종이 패키지를 받았고, 열어보니 작은 심카드와 기타 참고 사항이 적혀 있다. 사용에 문제가 있을 경우 고객센터는 777번, 데이터나 통화 시간 잔여량을 확인하려면 756번으로 'MYADDONS'라는 문자를 보내야 한다는 것은 꼭 알고 있어야 할 것 같아 체크해 두었다. 전 세계에서 사용되는 갤럭시를 만드는 자랑스러운 나라의 국민이자, 휴대폰으로 모든 것을 해결하는 엄지족의 원조 세대인 우리는 빵빵 터지는 휴대폰을 손에 쥐고 나니 비로소 낯선 땅으로 나설 준비가 된 것 같았다. 자, 이제 본격적으로 캠핑카를 인수하러 가볼까?

#4.

캠핑카,
거대한
녀석과의
첫 만남

뉴질랜드 캠핑카 여행기

나는 준비성이 없기로 둘째가라면 서러운 사람으로서 준비성이 없기로 단연 첫째가는 남자를 만나 대단히 준비 없는 신혼여행을 떠났다. 하지만 단 하나, 캠핑카만큼은 두 달 전에 예약해 두었다. 날짜가 임박하면 예약이 힘들 수 있다는 후기를 읽었기 때문이다. 뉴질랜드에서는 캠핑카를 캠퍼밴이라고 부르는데, 우리는 여러 캠퍼밴 업체 중 한국인이 운영하는 한 업체를 찾아 렌트를 진행했다. 이곳을 선택한 이유는 크게 두 가지로 정리해 볼 수 있겠다. 첫째, 사장이 유명한 사람이다. 이 업체의 사장은 만화가 허영만의 뉴질랜드 캠퍼밴 여행기에 동행자로 등장하고, 뉴질랜드 여행서도 집필한 분이다. 직접 얼굴도 보지 못한 업체랑 렌트 계약을 맺고 지구 반대편으로 선금을 입금해야 하는데, 적어도 유명인이 하는 업체라면 사기는 아닐 거라는 생각이었다. 둘째, 우리말이 통한다. 이 업체는 현지에도 한국인 직원이 있고 한국 지사도 있다고 했다. 우리말로 예약 관련 사항들을 진행할 수 있었고, 자잘한 질문들 또한 카톡으로 손쉽게 할 수 있어 매우 편리했다.

우리가 예약한 것은 1년 이하의 새 차량으로만 구성된 상품으로, '마우이(MAUI) 2인승 Ultima 인클루시브 팩 캠퍼밴'이라는 패키지였다. 전체 일정 중 오가는 날이나 도시 일정을 제외한 7박 8일간의 렌트 비용은 100만 원이 조금 넘었고, 30%를 선금으로 미리 입금해야 예약이 완료된다고 하였다. 우리는 즐거워야 할 신혼여행에서 괜히 당혹스러운 상황을 만나 고생하지 말자는 의미로 보험을 전부 'full'로 넣었다.

준비성은 없지만, 엄살과 겁이 많은 우리는 캠퍼밴 운전 시 주의사항에 대해서도 짬짬이 공부해 두었다. 두 가지가 가장 핵심적인데, 첫째는 좌측통행이라는 점이다. 우리나라와 반대라 헷갈릴 수 있으니 늘 염두에 두어야 한다. 특히 우회전 시에 신호를 받고, 좌회전은 눈치를 봐서 해야 한다는 점이 잘 적응되지 않았다. 캠퍼밴 업체 측에서는 우측에서 오는 차량에게 무조건 양보한다고 생각하면 편하다고 귀띔해 주었다. 맛집 메뉴판 외우듯 캠퍼밴 운전 주의사항을 꼼꼼하게 따져가며 숙지했다. 그럼에도 불구하고 우리는 머리와 몸이 따로 논다는 것을 증명하며 한 번의 역주행을 했고, 경찰에게 잡혀 웃지 못할 에피소드를 남겼다. 둘째, 시속 90km 이하로 주행해야 한다. 뉴질랜드의 많은 국도에서는 따로 속도제한 표지가 없을 경우 시속 100km 제한이라고 생각하면 된다. 다만, 총중량이 3,500kg을 넘는 대형 차량(캠퍼밴 포함)은 제한 속도가 시속 100km라고 해도 90km를 초과할 수 없다. 겁이 많은 우리는 속도제한에 있어서 만큼은 본의 아니게 준법정신이 아주 투철했다.

예약한 캠퍼밴을 인수하기 위해서는 차량이 주차된 곳으로 이동해야 했다. 크라이스트처치 공항의 출입구 쪽에는 우리와 같이 이동이 필요한 여행자들을 위해 유선전화 몇 대가 놓여 있었다.

전화기 옆에는 캠퍼밴 브랜드를 포함한 렌터카 업체들과 여러 호텔의 단축번호가 쭉 적혀 있었다. 미리 적어둔 업체의 번호를 찾아 누르니, 익숙하지 않은 뉴질랜드식 영어가 속사포처럼 쏟아졌다. 전 세계 어느 국가나 전화 연결은 한 번에 호락호락 해주지 말라는 규정이 있는 것일까? 몇 차례 해당 서비스 번호를 누르고 나니 직원이 연결되었다. 뭔가 질문이 많았던 것 같지만, 나는 내 말만 하겠다는 K-아주머니 화법으로 명료하게 대답했다.

"마우이 캠퍼밴 예약자 공항 도착, 게이트에 있으니 픽업 바람, 오바!"

세상 캠퍼밴은 다 여기 모아둔 것인가? 렌터카 업체에 도착하니 끝도 보이지 않는 넓은 주차장에 수백 대의 캠퍼밴들이 주인을 기다리고 있었다. 캠퍼밴 장관에 잔뜩 홀려 있는 나를 남편이 툭툭 치며 말했다.

"우리 진짜로 뉴질랜드에 왔어. 하늘 색깔 좀 봐."

뉴질랜드의 하늘은 캠퍼밴 따위에 시선을 빼앗기지 않겠다는 듯 형용할 수 없이 아름다운 푸르름을 자랑했다. 처음 보는 높고, 넓고, 맑은 빛깔이었다.

사무실 안으로 들어가자 아기자기한 공간이 나왔다. 이름을 말하니 Alley라는 직원이 우리를 맞아 주었다. 예약 사항을 확인하고 이런저런 서류에 서명을 하는 남편을 뒤로한 채 나는 우선 커피 머신으로 달려가 공짜 커피 두 잔을 마셨다. 긴 비행의 피로감, 여행의 설렘이 뒤섞여 진한 커피와 함께 밀려왔다. 잠시 앉아 쉬어볼까 하는 찰나 Alley가 우리 차량으로 이동하자고 했다. 그 순간 설렘이 피로감을 가뿐히 눌러버렸다.

"어머, 이게 진짜 우리 차야? 정말 멋지다! 근데 예약한 차는 2인승이라고 하지 않았어?"

첫인상은 다른 무엇보다도 정말 거대했다. 운전석 위로 올라가는 추가 침대 공간만 없다 뿐이지 사실상 차량 크기는 5~6인용 캠퍼밴과 비슷해 보였다. 준중형 승용차만 운전했던 우리가 과연 이 거대한 차량을 운전할 수 있을까? 약간의 두려움이 생기기 시작했다.

"와, 벤츠다."
"오, 우리 이렇게라도 타보네?"

남편은 핸들에 찍힌 로고를 보며 외쳤고, 나도 웃으며 맞장구쳤다.

어색하게 우측에 자리 잡은 운전석과 그 옆 보조석 공간은 아주 넓었고, 내비게이션도 잘 부착되어 있었다.

차량 뒷좌석은 침대 모양으로 펼쳐져 있었고, 세탁된 이불 두 세트가 비닐에 싸여 있었다. 침대 매트리스 부분은 들어 올리면 소파로 만들 수 있고, 소파 사이에는 식사 테이블도 놓을 수 있는 변화무쌍한 구조였다. 귀여운 전자레인지와 미니 옷장도 있었다. 양쪽 상단에는 깊은 수납공간이 있어 식량과 옷들을 정리해 넣었다. 아기자기하게 소꿉놀이 사이즈로 구비된 부엌 살림살이도 아주 마음에 들었다.

나는 원래 좀 깐깐한 스타일이라 숙소나 차량을 렌트할 때 이것저것 많이 보는 편이다. 그러나 상대적으로 까다롭지 않은 남편은 매사 좋은 게 좋은 스타일이다. 그런데 이게 어인 일인가? 남편이 차량의 외관을 꼼꼼히 살피며 사진을 찍기 시작했다. 제공 물품이 다 있는지, 사전에 고장 난 곳이나 흠집은 없는지, 매의 눈을 넘어 가자미눈을 하고 따져보는 게 아닌가? 역시 새로운 환경에 처하니 새로운 모습을 보게 된다. 이게 바로 우리가 여행을 떠나는 이유가 아닐까?

반면 Alley는 좀 대충 하는 스타일이었다. 차를 보여주고 몇 마디 주의 사항을 속사포처럼 쏟아내고는 사라져 버렸다. 아까 전화를 받은 사람이 Alley였던 것 같다며 둘이 피식 웃었다.

남편은 설렘 반 두려움 반으로 운전석에 앉았다. 크게 심호흡을 한 후, 시동을 걸고 쥐똥만큼 전진한 뒤 멈춘 그의 얼굴엔 두려움만 남아 있었다. 육중한 차량의 몸체가 둔탁한 소리를 내며 움직이는데, 나 또한 덜컥 겁이 났던 것 같다. '좌측통행! 좌측통행!'을 계속 되뇌며 도로를 향해 다시 한 번 액셀을 밟았다. 주차장을 벗어나자 우리 속을 아는지 모르는지, 크라이스트처치는 'Welcome'이라며 우리를 반갑게 맞아 주었다. 그래, 크라이스트처치야 반갑다 반가워. 깨끗한 공기, 청명한 하늘. '쾌적함'이라는 말이 도시로 태어난다면 바로 너겠구나. 여행하는 동안 잘 부탁해!

#5.

첫 시련,

사이드브레이크
고장?

뉴질랜드 캠핑카 여행기

캠퍼밴 수납장은 우리의 30인치, 26인치 여행 가방에서 나온 짐들로 가득 채워졌다. 귀여운 미니 냉장고에는 양가 부모님들께서 싸주신 각종 밑반찬, 장아찌, 김치가 자리 잡았고, 선반에는 라면, 즉석 밥, 참치 캔 등이 빈틈없이 들어찼다. 피난을 간다고 해도 믿을 것 같은 식량창고를 보니 흡족했지만, 그래도 여행의 시작은 장보기 아니겠는가? 우리는 뉴질랜드의 이마트 혹은 홈플러스 격인 카운트다운으로 첫 목적지를 설정한 후 어색한 좌측통행을 시작했다.

크라이스트처치 카운트다운은 뉴질랜드의 광활한 땅만큼이나 아주 널찍한 면적을 자랑했다. 깔끔하게 정돈된 매장 안에는 신선한 과일들이 비교적 저렴한 가격에 진열되어 있었고, 간단한 즉석식품들도 만날 수 있었다. 신선코너 한 가운데 'Fresh or Free'라는 큰 팻말이 세워져 있었다. 이것이 청정 뉴질랜드의 자신감인가 생각하며 넓은 마트를 한 바퀴 둘러보았다. 어느 정도 물건 위치를 파악한 후 우리는 하나둘씩 카트를 채우기 시작했다.

이런 걸 두고 동상이몽이라고 하는 걸까? 감자칩을 너무나 사랑하는 남편은 뉴질랜드의 모든 감자 맛을 다 보겠다는 기세로 온갖 감자칩 봉지들을 카트에 넣기 시작했다.

사실, 나는 너무 짜다는 이유로 감자칩을 싫어한다. 심지어 뉴질랜드의 감자칩은 포카칩의 5배 정도 짰으니 나랑은 아주 상극이었다. 게다가 물맛을 매우 중시하는 그는 뉴질랜드의 청정수들을 다 마셔보겠다는 기세로 각종 브랜드의 물병을 카트에 담기 시작했다. 반면 나는 아무 물이나 마신다. 스위스의 빙하수나, 독일의 프리미엄 미네랄워터나, 백두산의 화산암반 용천수나 다 병에 담긴 물 아닌가?

나의 관심사는 뉴질랜드 청정우와 와인에 있었다. 한국에서는 비싼 소고기가 뉴질랜드에서는 아주 저렴했다. 심지어 방목해서 기른 청정우였다. 나는 매일 한 끼 이상 소고기를 구워 먹겠다는 원대한 목표로 이 땅에 왔기 때문에 정육코너에서 쉽사리 벗어날 수 없었다. 게다가 바로 옆에는 소고기의 풍미를 더해 줄 뉴질랜드 와인들이 우아한 자태를 뽐내고 있었다. 참고로 남편은 고기를 좋아하지 않고, 와인보다는 맥주를 즐긴다. 이쯤 되면 장을 따로 봐야 하는 게 아닐까 싶었지만, 우리는 도시 일정 중 언제든 다시 마트에 올 수 있다는 것을 되뇌며 덜어낼 것들을 덜어내고 극적 타협을 이루었다. 각자 좋아하는 것들을 잔뜩 사서 캠핑카에 채웠더니 앞으로의 여정이 더욱 설렜다.

오늘 우리의 목적지는 그 유명한 데카포 호수(Lake Tekapo)이다. 뉴질랜드에서 별이 제일 잘 보인다는 청정지역으로, 남섬의 서해안을 남북으로 길게 잇는 서던알프스산맥으로부터 흘러들어온 빙하수로 채워져 독특한 에메랄드빛을 띤 아름다운 곳이라고 했다. 호수 근처에는 캠핑카를 세우고 하루 묵어갈 수 있는 시설도 있다고 하니 우리에게 딱 맞는 첫 행선지였다. 분명 그제까지만 해도 한국의 일개미 같은 직장인으로 컴퓨터 앞에서 고된 하루를 보냈는데, 갑자기 아름다운 호숫가에서의 오토캠핑이라니... 이게 정말 현실이 맞나 싶은 생각이 들었다.

크라이스트처치에서 데카포까지는 약 200km 정도를 달려야 했다. 이미 늦은 오후이니 서둘러 출발하려고 하는데, 사이드브레이크 등이 꺼지지 않았다. 당겨져 있는 사이드브레이크를 아무리 여러 번 내려도 풀리지 않았고 경고등만 번쩍거렸다. 사이드브레이크가 풀리지 않으니 이동은커녕 아무런 조작도 할 수가 없었다. 본격적인 출발도 하기 전에 이게 웬 시련인가! 사이드브레이크 레버를 잡고 한참을 실랑이하던 우리는 차량에 문제가 있다고 결론 내리고는 메모해 두었던 캠퍼밴 업체 사장님 연락처를 찾았다. 나름 유명인인데 설마 이런 민원 대응까지 직접 하실까 반신반의하며 전화를 걸었다. 예상과 달리 수화기 너머로 친절한 목소리가 바로 연결되었고, 우리의 상황을 간략히 설명한 후 찬찬히 해결 방법을 안내받을 수 있었다. 낯선 타국에서 우리말로, 게다가 신속하고 친절하게 도움을 받으니 더욱 의지가 되고 감사했다.

결론적으로 차량엔 문제가 없었고, 캠퍼밴 사이드브레이크를 아주 격렬하게 내려야만 풀린다는 것을 알게 되었다. 내가 이 사이드브레이크로 차량 바닥을 뚫어버리겠다는 기세로 내렸을 때, 비로소 브레이크 등이 꺼졌다. 앞으로 뉴질랜드 캠퍼밴 여행을 할 분들이 이 글을 읽는다면 기억하기를 바란다. 바닥을 뚫겠다는 각오가 반드시 필요하다.

#6.

야간운전,
공포와
혼돈 속으로

뉴질랜드 캠핑카 여행기

자, 드디어 출발! 어색한 좌측통행을 이어가며 우리는 뉴질랜드의 광활함, 청정함에 연이은 감탄사를 뱉어냈다. 끝도 없이 펼쳐진 대지를 가르며 달리고 또 달렸다. 앞뒤로 다른 차량을 만나는 일은 드물었다.

얼마나 신나게 달렸을까, 맑은 빛을 영원히 잃지 않을 것 같던 청명한 하늘에 구름이 몰려오더니 형형색색의 어둠이 내리기 시작했다. 낮게 깔린 노을은 노랗고 붉고 푸른 하늘을 끊임없이 보여주었고, 마치 다른 차원의 세계에 들어온 것만 같은 신비함이 느껴졌다.

신비함에 취해 감탄하다 보니 퍼뜩 정신이 들었다. 노을? 가만 보니 지금 느긋하게 노을을 감상할 때가 아니었다. 해가 지고 있다는 얘기가 아닌가! 이 육중한 캠핑카로 초행길에 야간 운전을 해서 데카포까지 가야하는 상황인 것이다. 게다가 데카포는 해발 700m 구릉지대에 위치한 호수였다. 우리의 걱정을 눈치 챘다는 듯 차창 밖은 얄궂게도 점점 더 빠르게 변하기 시작했다. 호수에 가까울수록 길은 거칠어졌고, 대도시에서 벗어났음을 여실히 느낄 수 있는 야생의 풍경들이 펼쳐졌다. 점차 지나가는 차는커녕 개미 새끼 한 마리도 찾아보기 어려워졌다. 외로운 주행을 이어가는 가운데, 설상가상으로 드문드문 설치된 가로등이 아니면 아무것도 보이지 않는 칠흑 같은 어둠이 짙게 깔렸다.

우리는 진정 카오스 한복판에 있었다. 흔들린 사진만큼이나 우리의 시선도 불안하게 흔들렸다. 어두운 급커브 산길에서 좌측통행으로 대형차량을 몰자니 도무지 속도를 낼 수가 없었다. 내비게이션만 애타게 쳐다봤지만 목적지까지 거리는 어찌나 더디 줄어드는지, 속이 타들어 갈 지경이었다. 용기를 내 조금 속도를 올리면 금세 급경사가 나타나 등줄기가 서늘해졌다. 아슬아슬한 레이스를 펼치던 우리는 결국 더 이상은 무리라는 판단을 내렸다. 첫날부터 너무 무리하지 말고 가장 가까운 캠핑장에서 묵기로 한 후 구글맵에 급히 가까운 오토캠핑장을 검색했다. 페얼리(Fairlie)라는 생소한 이름의 작은 도시에 홀리데이파크(Holiday park)가 있다고 검색되었다. 약간의 사전 학습을 통해 뉴질랜드에서는 캠핑장을 홀리데이파크라고 부른다는 것을 알고 온 나 자신을 격렬히 칭찬하며 경로를 재설정했다.

다행히도 오래 지나지 않아 페얼리 홀리데이파크의 간판이 눈에 띄었다. 반가운 마음에 안도하며 주차를 하고 보니 이 홀리데이파크의 분위기가 심상치 않았다. 폐업을 한 것인지 의심될 정도로 불빛 한줄기 흘러나오는 곳이 없었고, 우리 캠퍼밴 외에는 단 한 대의 차량도 찾아볼 수 없었다. 페얼리라는 이름 역시 뉴질랜드 여행 책에서도 유튜브에서도, 블로그에서도 전혀 본 적 없는 낯선 이름이었다. 뉴질랜드 도깨비에 홀린 건가 싶던 그때, 오피스(라고 추정되는 허름한 건물)에 가느다란 불빛이 켜졌다. 우리는 차에서 내려 불빛보다 더 가느다란 희망을 안고 오피스 건물로 들어섰다. 이런 걸 두고 설상가상이라고 하는 걸까? 스산한 이 홀리데이파크의 관리인으로 보이는 아저씨는 엄청난 거구에 험상궂은 인상이어서 가뜩이나 밤 운전으로 겁에 질려 있는 우리의 어깨를 더욱 움츠러들게 했다. 정말 간밤에 무슨 일이 생겨도 아무도 모를 것 같은 곳이었다. 우리는 여기서 자는 것과 계속 이 산길을 운전해서 데카포까지 가는 것 중 어느 쪽이 덜 위험할지 고민했다. 우리 둘과 관리인 아저씨가 2:1로 싸우면 우리에게 승산이 있을지도 함께 고민했던 것 같다. 아주 치열하고 격렬한 고민 끝에 결국 이곳에 묵기로 했고 아저씨의 심기를 건드리지 않도록, 과하게 친절한 자세로 서둘러 결제를 했다. 그리고 최대한 빠른 걸음으로 차에 들어와 모든 문을 굳게 잠갔다.

그리고 보니 뉴질랜드에 도착한 지 반나절이 넘었는데, 한 끼도 먹지 않았다는 것이 떠올랐다. 우리는 서둘러 신혼여행의 첫 끼이자 캠핑카에서 먹는 첫 끼를 차리기 시작했다. 물론 문을 굳게 잠근 채로 말이다. 메뉴는 뉴질랜드 청정우 스테이크, 라면, 그리고 소주였다. 대단한 음식들을 상상했지만, 피곤하고 지친 우리에게는 20첩 반상 부럽지 않은 최고의 한상차림이었다.

우아하게 나이프를 들어 스테이크를 썰어 먹을 기력 따위는 진작 길 위에서 소진해 버린 우리는 가위로 고기를 서걱서걱 잘랐다. 순식간에 우아한 스테이크에서 을지로 뒷골목 노포에서 먹을 것 같은 소금구이로 전락했다. 하지만 고소한 청정우 구이와 라면의 조화는 엄청난 행복감을 주기에 충분했다. 영혼을 치유해주는 맛이 여기 있었다는 것을 깨닫는 순간이었다. 허겁지겁 먹다 보니 피식 웃음이 나왔다.

"우리 신혼여행 와서 라면에 소주 마시게 될 줄 몰랐다. 역시 인생은 알 수 없는 것이네."

마주 보고 웃으며 소주잔을 부딪쳤다. 어떤 밥상보다도 기가 막힌 우리의 첫 끼였다.

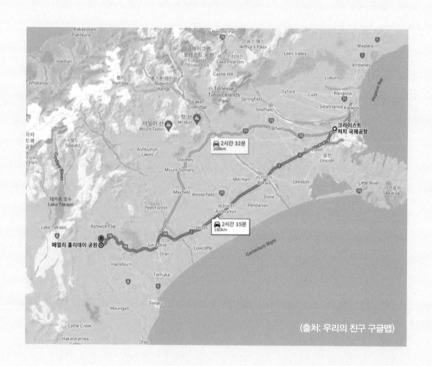

(출처: 우리의 친구 구글맵)

오늘 우리가 달려온 경로는 뉴질랜드 전체 국토를 두고 봤을 때 남섬의 중앙 하단, 크라이스트처치 공항에서 페얼리 홀리데이파크까지 약 180km였다. 목적지였던 데카포 홀리데이파크까지 고작 30분 정도를 남겨둔 위치였다. 나름 모험심 충만한 우리지만 당시 밤 운전이 무섭긴 했나 보다. 30분을 남겨두고 페얼리로 들어가다니 말이다.

이렇게 뉴질랜드 남섬 캠퍼밴 여행 첫날의 여정은 조금 짧게 진행되었다. 크라이스트처치에 도착해서 캠퍼밴을 인수하고, 장도 보고 했으니 나름대로 열심히 움직인 일정이었다. 다만, 크라이스트처치에서 조금 더 서둘러 출발했거나, 아예 크라이스트처치에서 하루를 묵고 다음 날부터 캠핑카 여행을 시작했다면 더 좋지 않았을까 아쉬움이 남았다. 그러나 크게 아쉬워할 필요는 없다. 우리에게는 아직 여러 날이 남았으니까.

피곤해서인지 술기운이 금방 올라왔다. 문이 굳게 잠겼는지 거듭 확인한 후 늦은 잠자리에 들었다. 텅 빈 홀리데이파크를 가득 메운 겨울바람의 윙윙 소리가 매서웠고, 바람에 요동치는 앙상한 나뭇가지 그림자는 귀신 손가락처럼 흔들리며 우리를 괴롭혔다. 공포영화의 한 장면 속에서 우리는 쉽사리 잠들지 못했지만, 손을 꼭 잡고 애써 농담을 주고받으며 천천히 잠을 청했다. 만만치 않은 여행의 첫날이었다.

#7.

맙소사,

어글리
코리안과
결혼했다

뉴질랜드 캠핑카 여행기

무시무시했던 밤이 지나고, 페얼리에서의 아침이 밝았다. 다행히도 우락부락한 홀리데이파크의 주인아저씨는 보기와는 달리 나쁜 사람이 아니었고, 새로운 땅 뉴질랜드에서의 기나긴 첫날밤을 무사히 지나 광명의 아침을 맞이했다. 그러나 창밖은 여전히 휑하고 스산한 풍경이 이어졌고, 당장 좀비 떼가 등장해도 이상하지 않을 만큼 을씨년스러웠다. 영 마음이 놓이지 않아 차 안에 웅크리고 있는데, 두 명의 여학생이 나타나 홀리데이파크를 청소하는 모습이 보였다.

"사람이다!"

우리는 안도의 숨을 내쉬며 차 밖으로 나왔다. 하늘은 어제처럼 맑고 푸르지만 무언가 건조한 풍경이 병풍처럼 공간 전체를 둘러싸고 있었다. 마치 한껏 쪼그라든 우리의 마음을 대변하는 것 같았다.

캠퍼밴에서의 첫날밤은 고난의 연속이었다. 무엇보다 6월 말, 뉴질랜드의 겨울은 생각보다 추웠다. 히터를 틀면 너무 건조해 얼굴이 바삭바삭해지고 기관지가 말라붙는 것 같아 견딜 수 없고, 끄고 자면 너무 추워 견딜 수가 없었다. 진퇴양난의 상황에서 생명줄과 같은 온기를 전해준 것은 바로 전기장판이었다. 짐이 될까 2인용을 내려놓고, 폭이 좁은 1인용 장판을 챙긴 과거의 나 자신을 호되게 꾸짖었다. 앙증맞은 1인용 전기장판 크기로 몸을 욱여넣으며, '아, 신혼부부이니 꼭 붙어서 자라는 하늘의 뜻인가 보다.' 하는 생각을 150번 정도 한 밤이었다.

엎친 데 덮친 격으로 유리창 밖의 세상은 너무 무섭고, 칠흑 같고, 낯설었다. '창문 유리는 얼마나 튼튼할까?'를 350번 정도 생각한 밤이었다. 이 낯설고 무서운 상황에 의지할 것이라고는 내 옆의 남편뿐이었다. '우리가 이렇게 한 번 더 단단해지는구나, 전우여 꼭 살아서 돌아가자.'를 진정 450번 정도 생각한 밤이었다.

생각이 너무 많아 잠이 들지 않을 것 같았지만, 첫 여정의 피로 덕분인지 그리 오래지 않아 잠이 들었다. 최소 스무 번은 깨서 우리의 생사를 확인하고 다시 잠을 청하기를 거듭했지만, 다행히도 피로감은 많이 옅어진 느낌이었다. 우리는 영혼을 달래줄 아침을 먹자며 세상에서 가장 한국적인 아침을 차렸다. 잡곡밥을 중심에 두고 멸치 볶음, 진미채 무침, 양파장아찌에 김을 싸 먹었다. 뉴질랜드의 페얼리라는 곳에서 이런 아침을 먹게 될 줄 정말 몰랐다. 다시 한 번 인생은 참으로 재밌는 것.

귀여운 부엌에서 초간단 설거지를 하고, 고양이 세수를 한 후 서둘러 길을 나섰다. 지난밤 우리를 공포와 충격의 도가니로 몰아넣었던 도로로 다시 나서는 데에는 약간의 용기가 필요했지만, 맑게 갠 하늘을 보니 멋진 하루가 펼쳐질 것이라는 기대감이 생겨났다.

캠핑카에 장착되어 있는 내비게이션 옆에 한국에서 챙겨온 휴대폰 거치대를 부착했다. 두 개의 내비게이션을 모두 작동시켜 양쪽으로 길을 확인하며 다니니 아주 편리했다. 어제 그렇게 닿으려, 닿으려 갈망했던 그곳, 데카포 호수로 목적지를 설정하고 출발!

30여 분을 달리는 동안 창밖의 풍경에 할 말을 잃었다. 아름다운 풍경이 이어졌고, 호수가 가까워질수록 짙은 땅에 하얀 눈이 덮여 더욱 신비로운 절경을 자랑했다. '아름답다.'라는 표현이 담을 수 있는 아름다움의 정도가 너무 적다는 생각이 들었다. 어렸을 때, 주말 저녁 EBS에서 방영하던 밥 로스(Bob Ross) 아저씨의 유화 그리기를 기억한다. 왜 다 된 그림에 무심하게 툭툭 또 물감을 뿌릴까 의아해하며 손놀림을 따라가다 보면 멋진 나무와 숲, 만년설로 덮인 산과 탁 트인 호수가 금세 그려지곤 했다. 더는 아름다울 수 없을 만큼 굉장한 풍경 위에 또 물감을 뿌리고 몇 번의 터치가 이어지면 상상조차 하지 못했던 아름다움이 더해졌다.

데카포로 향하는 길은 바로 밥로스 아저씨의 그림과 같았다. 더 아름다운 것이 존재할 수 없을 것 같다고 생각하는 순간 더 멋진 풍경을 툭 내놓는 식이었다.

그러다 정말 현실 세계의 풍경인가 싶은 광경이 눈앞에 펼쳐졌다. 데카포 호수였다. 해발 700m에 펼쳐진 푸른 카펫처럼 고요하고 신비로운 자태를 자랑했다. 아기자기해 보였지만 폭이 20km에 달한다는 큰 호수였다. 그 모습이 너무나 화려하면서도 소박하고, 웅장하면서도 섬세해서 벤치에 앉아 한참을 넋 놓고 바라보아도 지루하지 않았다.

특히 내 눈을 사로잡은 것은 독특한 데카포의 물 빛깔이었다. 데카포 호수의 물은 남섬의 등뼈와 같은 서던알프스산맥에서 시작된 고들리 강으로부터 흘러들어오는데, 빙하에 깎인 암석 가루가 녹아 있는 빙하수여서 그 색깔이 독특하기로 유명하다. 사람들이 말하는 영롱한 에메랄드빛이 바로 이것이구나, 보면 볼수록 더욱 신비로운 물빛이었다.

데카포의 옥빛에 취해 다리를 건넜다. 다리 위에서 바라보는 데카포는 판타지 영화의 여러 장면과 겹쳐지며 상상의 나래를 펼치게 했다. 보는 각도마다 색깔을 달리하는 신비한 물은 왠지 한 모금 마시면 달콤한 피스타치오 맛이 날 것 같았다.

다리를 건너 들판 쪽으로 걸음을 옮기니 선한 목자의 교회(The church of the Good Shepherd)가 보였다. 세계에서 3번째로 작은 교회라고 하는

데, 세계에서 제일 예쁜 교회라고 해도 반박할 사람이 없을 것 같았다. 데카포 호수가 있는 지역은 원래 원주민인 마오리족이 살던 곳인데, 1857년부터 유럽 이주민들이 호수 주변 지역에서 양을 치며 살아가기 시작하면서 마을이 형성되었다고 한다. 이곳은 데카포의 험한 기후를 견뎌내며 양을 치던 목동들의 정신을 계승한다는 뜻에서 '선한 목자의 교회'라는 이름으로 1935년 설립되었다. 험난한 기후와 거친 땅을 누비며 양을 치던 목동들의 삶이 녹록지 않았겠지만, 작고 포근한 교회에서 데카포 뷰를 마주하고 하루를 정리할 수 있었으니 나름 행복한 삶이었을 것 같다고 생각했다. 교회 안은 15명 정도 입장하면 더는 발 디딜 틈이 없을 것 같은 좁은 공간이었지만 소박하고 포근했다. 교회에는 우리 둘 외엔 드나드는 사람이 없었고, 그 덕분에 잠시나마 차분한 시간을 즐길 수 있었다.

찰칵!

　행복한 고요함을 깨뜨리는 소리가 들렸다. 선한 목자의 교회 내부에서
는 사진 촬영이 금지되어 있다는 팻말을 보고 들어왔는데, 카메라 셔터
소리가 분명했다. 남편은 해맑은 얼굴로 사람이 없으니 용기를 내어 기록
을 남겨보았다며 머쓱해했다. 어글리 코리안이랑 결혼했다. 반면에 나는
국제적 소양을 갖춘 글로벌 인재이므로 사진은 찍지 않았다. 나중에 사진
을 보니 너무 순식간에 찍어서 그런지 수평도 초점도 맞지 않아 알아보기
힘들었다. 맙소사, 소심하기까지 한 어글리 코리안이랑 결혼했다.

　그렇게 데카포에서 감탄하는 사이, 출출해지기 시작했다. 페얼리에서
이른 새벽밥을 먹고 나와 계속 움직인 탓이다. 나는 배가 고프면 매우 난
폭해지는 경향이 있는데, 남편은 이러한 상황을 정도에 따라 진돗개 1,
2, 3호로 표현하곤 했다. 데카포에서는 애석하게도 진돗개 1호 발령이 나
고 말았다. 위기감을 느낀 남편은 근처에 있는 식당에 가서 브런치를 먹
자고 했다. 나무늘보 같은 사람인데 이럴 때는 참 빠르다.
　캠퍼밴을 세워둔 주차장 가까이에 있는 베이커리 카페로 향했다. 말은
베이커리 카페지만, 우리나라 작은 휴게소 같은 느낌이었다. 주인은 사
근사근한 말투의 일본인 여성이었다. 우리는 핫도그, 햄버거, 초콜릿케

이크, 그리고 롱블랙 커피 한 잔을 주문했다. 뉴질랜드 음식이 맛없기로 영국과 쌍벽을 이룬다더니, 역시 듣던 대로 정말 맛이 없었다. 세상에 수 많은 종류의 소스가 존재하지만, 뉴질랜드는 소스 수입 금지 국가라도 되는 것인지 모든 음식이 건조했다. 음식이 어쩜 이렇게 메마르고 단순 할 수 있는지, 빵을 먹을수록 입이 말라왔다. 그럼에도 불구하고 나의 시 장을 반찬으로 맛있게 먹으려 노력했고, 가까스로 진돗개 1호 발령이 해 지되었다.

배가 든든하니 나른해지려 했다. 서둘러 길을 떠나야겠다. 다음 목적지 는 푸카키 호수(Lake Pukaki)다. 길을 나서자마자 펼쳐지는 풍경에 다시 한 번 입이 떡 벌어졌다. 차를 계속 몰며 풍경에 감탄하다가, 이런 풍경 을 이렇게 빨리 지나치는 것은 예의가 아니라는 생각마저 들었다. 우리 는 동방예의지국에서 온 예의 있는 청년들이었으므로 뉴질랜드의 풍경 에 대한 예를 갖추기 위해 차를 세웠다. 눈앞에 펼쳐진 경관은 너무나 말 도 안 되는 청명함으로 가득했다. 어딘지도 모르는 길 한복판에서 우리 는 끝없이 탄성을 뱉어내며 감격했고, 마음이 벅차올랐다. 다음 목적지 에는 더욱 기가 막힌 설경이 펼쳐질 것이란 사실을 이때는 알지 못했다.

#8.

푸카키,
호수보다
연어

뉴질랜드 캠핑카 여행기

데카포 호수 앞 휴게소에서 허기를 달랜 후 시원하게 뻗은 길을 따라 한참을 달리니 웅장한 호수가 등장했다. 바로 푸카키 호수(Lake Pukaki) 였다. 사이다 광고에 나온 '맛있는 것 옆에 더 맛있는 것'이 아니라, '아름 다운 것 옆에 더 아름다운 것'이었다. 데카포가 아기자기하고 신비한 느낌이었다면, 푸카키는 바다같이 넓고 웅장했다. 수평선을 따라 시선을 옮기면 하얀 설산이 병풍처럼 둘러 있고, 모든 것을 품어줄 것 같은 깊고 푸른 물이 고요하게 반짝였다. 너무나 아름다운 풍경을 마치 아무것도 아니라는 듯 계속해서 척척 내놓으니, 그 황홀한 전경에 말문이 막혔다.

사실 푸카키 호수는 그 풍경도 풍경이지만, 푸카키 연어로 유명하다. 청정 빙하수 양식장에서 기른 연어의 맛이 일품이라고 익히 들었기에, 부푼 기대감을 안고 이곳을 찾았다. 남편은 연어를 좋아하지 않는데, 나는 고소한 연어만 보면 금세 눈이 하트가 되어 버린다.

어릴 적 '빕스'라는 뷔페식 패밀리레스토랑이 생겼을 때 연어를 처음 접했던 것 같은데, 한 입 먹자마자 그 고소하고 부드러운 맛에 푹 빠져 버렸다. 푸카키 호수는 아름답기로 둘째가라면 서러울 풍경이었지만, 연어 생각으로 들뜬 내 마음을 오래 사로잡기에는 역부족이었다. 서둘러 호수에 안녕을 고하고 연어를 판매하는 Mt. Cook Alpine Salmon으로 걸음을 옮겼다.

아담한 연어 가게 안에는 수십 명의 사람들이 긴 줄로 똬리를 틀고 있었다. 얼른 대열에 합류하여 느린 걸음으로 조금씩 전진하다 무심코 바닥을 보니 뷰 포인트가 있었다.

"남편, 먹을 것에 너무나 진심이어서, 호수를 미처 눈에 다 담지 못한 먹보 여행객들을 위한 배려인가 봐."
"응, 당신 자리야."

남편은 내게 어서 발을 맞추어 서보라고 했다. 무언가 불쾌한 기분을 지울 수 없었지만 딱히 부인할 수 없었기에 느적느적 뷰포인트에 서 보았다. 고개를 들어 창밖을 바라보니 넓고 아름다운 설산과 푸카키 호수가 한눈에 들어왔다. 윈도우 기본 배경화면보다도 더욱 선명하고 조화로운 풍경이었다. 남편은 평생 살면서 본 호수 중에 푸카키가 가장 예쁜 것 같다며 연신 감탄했다.

진열대에 가까워져 연어 두 팩을 집어 들었다. 오후에는 품절사태가 빈번하다고 하여 걱정했는데, 다행히도 몇 팩이 남아 있었다. 마음 같아서는 남은 연어를 모조리 쓸어 담고 싶었지만 동방예의지국에서 온 문화시민으로서 체통을 지키기 위해 두 팩으로 만족하자며 스스로를 달랬다. 연어의 선홍색 빛깔은 푸카키 호수의 풍경만큼이나 생생하고 선명했다.

먼저 온 서너 명의 손님들이 계산하기를 기다렸다가, 우리도 계산대 앞에 섰다. 500g 한 팩에 35불이니 유명세와 신선도를 고려하면 그리 비싼 가격은 아니었다. 점원이 포장 여부를 물으며 얼음을 끼워 정성스럽게 포장해 주었고, 한국인이냐며 매콤한 고추냉이도 챙겨주었다. 유명 관광지인데도 이렇게 친절하고 섬세한 서비스가 가능하다는 것이 새삼 놀라웠다. 뉴질랜드, 특히 남섬은 인구밀도가 낮아서인지 어딜 가나 사람이 귀하다는 인상을 준다. 상점이나 식당에 입장하면 늘 반가운 인사로 이방인을 맞아 주었다. 기억을 더듬어 봐도 불친절한 응대를 받은 순간은 전혀 떠오르지 않는다. 뉴질랜드 여행이 좋은 이유 중 하나는, 어딜 가나 사람이 귀해 극진한 대접을 받는다는 것이다. 사람보다 양이 훨씬 더 많다는데, 양들 세계에서는 가장 불친절한 나라일지도 모르겠지만 말이다.

포장한 연어를 맛보고 싶어 호수가 한눈에 보이는 테이블에 앉았다. 연어 팩을 열기도 전에 어디서 냄새를 맡았는지 고양이 한 마리가 나타났다. 고양이는 어서 생선을 내놓으라는 강렬한 눈빛을 보냈고, 눈빛이라면 지지 않는 나도 기세등등하게 저리 가라는 눈빛을 보냈다. 치열한 눈싸움으로 몇 초가 지났을까, 오래지 않아 나는 녀석의 기세가 꺾이지 않을 것임을 느낄 수 있었다. 조용히 패배를 인정하고 연어 몇 점을 상납한 후 캠퍼밴으로 돌아왔다.

안정된 마음으로 차 안에 테이블을 펴고, 연어 한 상을 차렸다. 연어, 고추냉이, 간장이면 충분했다. 반질반질한 연어를 눈으로 한 번 먹고, 입으로 다시 한 번 먹었다. 고소하고 부드럽지만, 신선하고 쫄깃쫄깃해서 한마디로 표현하기 힘든 풍부한 맛이었다. 행복감이 스멀스멀 올라와 캠퍼밴에 사 두었던 와인을 꺼냈다. 부드러운 연어와 상큼한 와인이 함께 어우러지니 행복 그 자체였다. 역시 술은 낮술이 최고다.

내가 진정한 행복의 세계에 헤엄치던 그때, 연어와 와인을 좋아하지 않는 남편은 옆에서 감자칩과 함께 마운틴듀를 마셨다. 미국에 가본 적도 없는 사람인데, 입맛만 보면 뼛속까지 토종 미국인이다. 이렇게 먹고 마시는 것조차 너무나 다른 우리가 어떻게 사랑하는 사이가 되었을까? 같아서 부딪히기보다 서로 달라서 많은 부분이 보완되니, 좋은 점만 보고 살아야겠다는 생각을 했다. 솔직히 말하면, 연어를 빼앗아 먹지 않아서 좋았다.

#9.

설상가상,

Road
Closed!

뉴질랜드 캠핑카 여행기

따뜻하게 배를 채웠으니, 이제 슬슬 이동할 시간이다. 우리의 다음 목적지는 마운트쿡(Mt. Cook)의 화이트홀스 힐 캠프사이트(White Horse Hill Campsite)이다. 마운트쿡은 서던알프스산맥의 최고봉으로 뾰족한 산에 둘러싸인 빙하 계곡을 걸을 수 있는 곳이다. 바로 영화 〈반지의 제왕〉에서 간달프가 하얀 말을 타고 달리던 설산이 자리한 곳이라고 하면 쉽게 상상해볼 수 있겠다. 우리는 이곳에 있는 캠프사이트에 캠퍼밴을 세우고 하루 묵은 후 트래킹을 할 계획이다. 길을 따라 달리는 내내 우측에 푸카키 호수가 반짝이며 드라이빙의 즐거움을 더해주었다.

마운트쿡에 가까워질수록 점점 길이 하얗게 변하기 시작했다. 선반에 넣어 두었던 방한용품들을 꺼내며 설산 캠핑의 설렘에 한껏 기분이 좋아졌다. 마운트쿡에 진입하자 제설작업을 한 도로 외의 모든 것이 하얗게 변해 있었다. 목적지까지 더디게 가까워지던 그때, 'Road Closed' 표지판이 나타났다. 들뜬 마음으로 눈을 뚫고 열심히 달려왔건만 화이트홀스로 올라가는 길은 눈이 너무 많이 쌓여 통행이 금지된 것이었다. 설상가상으로 설산 너머 달이 떠오르고 주변에 푸르스름한 어둠이 내리기 시작했다. 캠핑을 할 수 있는 상황이 아닌 것을 파악한 우리는 재빨리 차를 돌려 설산 초입의 마운트쿡 빌리지(Mt. Cook Village)로 향했다. 오늘은 본의 아니게 실내 취침이다!

빌리지 내 자리 잡은 숙소 마운트쿡 롯지(Mt. Cook Lodge)에 도착했다. 다행히 묵을 수 있는 객실이 있었고, 1박 140불에 와이파이 5불이었다. 역시 호텔 직원들의 친절함은 의심할 여지가 없었다. 하지만 숙소 상태로 보았을 때는 일부 리모델링을 하는지 공사 중인 곳이 많았는데, 먼지도 나고 상당히 소란스러웠다. K아주머니의 억척스러움이 발동한 나는 이렇게 공사 중임에도 불구하고 사전에 양해를 구하거나 할인을 해주지 않는 모습에 언짢은 마음이 들었다. 반면 속 좋은 남편은 설산에 둘러싸여 자는 것은 처음이라며 마냥 행복해했다. 로비 옆에 붙은 커다란 거울이 우리 둘의 극명한 표정의 대비를 여과 없이 비춰주었다.

'그렇구나, 이 귀한 시간에 굳이 불평하기보다는 행복해하는 것이 결국 이기는 거다.'

해맑은 남편을 보며 또 하나의 인생 교훈을 깨달은 나는 불평을 접어두고 편안하게 쉬었다 가기로 마음먹었다. 주입식 교육으로 둘째가라면 서러울 대한민국에서 이십여 년 교육을 받고 자란 나는 머리로 가슴을 조종하는 데에 상당한 소질이 있었으므로, 곧장 행복한 모드에 들어설 수 있었다. 숙소는 2층 높이의 건물이었는데, 우리는 기왕이면 뷰가 더 좋은 2층에 묵고 싶었다. 1층 숙소들은 주차된 차에 가려 아무것도 보이지 않을 것 같았기 때문이다. 프론트 직원은 아주 친절한 미소를 띠며 열쇠를 건넸다.

"여러분의 방은 First floor예요."

"오, 우리는 First floor 말고 Second floor를 원해요."

"우리 호텔에는 Second floor가 없는걸요."

"두 개 층에 모두 방이 있잖아요."

"아, 아래는 Ground floor, 여러분이 말하는 위층이 First floor랍니다."

부끄러움에 서둘러 열쇠를 받고 방으로 향했다. 영어는 대충 할 줄 아니 뉴질랜드에서의 의사소통은 문제없다고 부모님들께 자신만만하게 말씀드렸던 순간이 떠올라 더욱 얼굴이 달아올랐다. 많은 분야에서 국제 표준이 적용되고 있는 글로벌한 세상인데 왜 floor에는 적용이 되지 않느냐며 괜히 세상을 탓하는 것으로 부끄러움을 감추고 빠른 걸음으로 방에 올라갔다.

방에는 간단히 짐만 내려놓고, 캠퍼밴으로 가 저녁을 먹기로 했다. 뉴질랜드에 도착한 순간부터 매끼 먹고 있는 뉴질랜드 청정우 스테이크(소금구이)를 구웠다.

평소 그렇게 좋아하던 소고기가 며칠 만에 질릴 수 있다는 것을 실감하며 양념을 소금에서 쌈장으로 바꿔보았고, 아까 구입한 푸카키 연어도 꺼내 놓았다. 그리고 늘 빠지지 않는 와인도 한 병 꺼냈다. 지금 돌아보니 거의 하루 종일 취한 상태로 여행을 했구나.

간단한 저녁 식사를 마치고 방으로 와 살펴보니 전반적으로 연식이 느껴지는 시설이었다. 그러나 충분히 깔끔하고 넓어 불편하지는 않았다. 며칠 만에 넓은 욕실에서 따뜻한 물로 샤워를 하니, 늘 누려왔던 실내 세면과 실내 취침이 얼마나 소중한 것인지 새삼 깨달았다. 아주 간단한 옷

가지들을 조물조물 손빨래로 비벼 널고, 각종 전자기기 충전도 했다. 호텔 안에 있는 펍에 가서 술을 마실까 하다가, 오랜만에 실내 공간이 주는 안정감을 만끽하고 싶어 방에서 와인을 마시기로 했다.

테이블과 의자를 세팅하고 와인과 잔, 간단한 주전부리 안주를 마련해 나름의 아늑한 설산 와인 바를 완성했다. 넓은 실내 공간에 편안하게 앉아 와인 잔을 부딪치니 행복감이 밀려왔다. 좁은 캠퍼밴 안에 갇혀 있던 자유 영혼이 마음껏 방안을, 설산을 누비고 다니는 것만 같았다. 한참 신나게 수다를 떨고 있는데, 점점 방 안의 공기가 차가워지더니 머지않아 한기가 들었다.

이상해서 방안을 살펴보니 입실했을 때만 해도 뜨끈했던 라디에이터가 차갑게 식어 있었다. 스위치는 정확히 'on'에 위치하고 있는데도 말이다. 직원에게 전화 연결을 해서 라디에이터 고장을 알리자 지금은 너무 늦은 시간이라 수리가 어려울 것 같다는 대답이 돌아왔다. 대신 휴대용 온풍기를 사용해 보라며 아주아주 작은 선풍기 모양의 기기를 가져다주었다. 얼마나 귀여운 크기인지 초능력을 발휘하지 않는 한 넓은 방의 공기를 데우기에는 역부족일 것이라는 예감이 들었다. 아무리 시간이 지나도 온기가 충분히 퍼지지 않았지만, 극한의 추위를 느낄 정도는 아니니 그냥 참고 지내자며 조금 더 붙어 앉았다. 전기장판에 이어 온풍기까지도 우리가 신혼부부인 것을 눈치 채고 최대한 밀착해 있도록 배려를 해주었다. 애써 긍정의 힘을 끌어내어 앙증맞은 온풍기 앞에 웅크리고 앉은 우리는 창밖 설산 야경을 즐기며 와인도 마시고, 밀린 이야기를 나누었다.

더불어 우리에게 주어진 가장 큰 과제가 있었으니, 바로 와이파이가 있는 이곳에서 캠퍼밴 운전을 하며 들을 노래를 다운로드하는 것이었다. 당시 우리는 유료 음악 스트리밍 서비스를 이용하고 있었는데, 해외에서 서비스가 되지 않아 며칠간 음악 없는 무미건조한 드라이빙을 하고 있었던 것이다. 혹시 해외에서는 안 될지도 모르니 휴대폰에 노래 파일을 담아 가자는 말은 했었는데, 워낙 챙길 것들이 많았던 터라 미처 실천을 하지 못했다. 이렇게 중요한 것을 놓치다니!

이용하는 사이트에 들어가 우리가 가장 좋아하는 노래들을 골라 다운로드 버튼을 눌렀다. 가만히 머리를 모으고 다운로드 속도를 살피니 오늘 내로는 한 곡도 제대로 받기 힘들 지경이었다. 세계를 선도하는 IT 강국에서 온 우리로서는 진정 통탄할 노릇이었다. 답답함에 지쳐 결국 친오빠에게 SOS를 쳤고, 오빠가 가요와 더불어 한국인이 좋아하는 팝송 101을 한국에서 다운로드해 압축하여 이메일로 보내주었다. 압축은 했다지만 파일이 워낙 크니 다운되는 속도가 개미 기어가는 수준이었다. 내

일 아침까지는 다운로드가 완료될 것이라는 간절한 염원과 함께 우리는

고단한 하루를 마무리했다.

#10.

후커밸리 트래킹,

성공할 수
있을까?

마운트쿡에서의 아침이 밝았다. 왜 이렇게 허리가 편안하고 침구가 포근한지, 웅~ 하고 울리던 캠퍼밴 온풍기소리가 어쩐 일로 잠잠한지 이해하는 데 잠시의 시간이 걸렸다.

'아, 실내 취침이었지.'

쾌적한 숙소에서 일어나 기지개를 켰다. 캠퍼밴에서 밤새 온풍기 바람을 맞은 후 일어나 기지개를 켜면 누가 얼굴을 사방으로 잡아당기는 것처럼 건조함이 느껴졌는데, 실내 취침 후에는 전혀 그런 느낌이 없었다. 괜히 몇 살 어려진 것 같아 기분까지 촉촉하게 차올랐다. 역시 사람이 시련을 겪고 나면 일상의 소소한 감사함을 발견하게 된다.

창밖에는 어스름하게 날이 밝아오고 있었고, 하얗다 못해 푸른빛을 발하는 만년설은 눈이 시릴 정도로 아름다웠다. 마치 영화 〈반지의 제왕〉의 한 장면을 통째로 들어다 놓은 것 같은 풍경이었다. 저 멀리서 간달프가 하얀 수염과 옷자락을 날리며 하얀 말을 타고 힘차게 달려 나올 것만 같았다. 영화 같은 풍경 덕분에 오랜만에 조용히 생각에 잠겼다. 불멍, 물멍보다 훨씬 흡입력 있는 '설산멍'이었다.

오늘 우리가 걸어야 할 길을 확인해 보니 여전히 눈이 잔뜩 덮여 있었

다. 어디가 길인지 명확히 분간하기도 어려워 행여 간달프가 등장한대도 길을 잃고 헤맬 지경이었다.

검색에 따르면 마운트쿡 트래킹 코스는 9월부터 5월까지 관광객들이 찾는 시기라고 했다. 지금이 6월 말이니, 정확히 아무도 찾지 않는 한겨울의 마운트쿡에 찾아온 것이다. 걱정이 앞섰다. 가뜩이나 험한 지형에 눈까지 켜켜이 쌓여버린 마운트쿡, 과연 우리를 호락호락하게 받아줄 것인가? 마운트쿡도 마운트쿡이지만 내 몸 상태도 걱정이었다. 며칠만의 실내 취침으로 따뜻한 샤워와 편안한 침대에 대한 갈증은 해소했지만, 몸은 여전히 피곤한 상태였다. 바쁜 회사 일과 결혼 준비, 결혼식과 긴 비행, 그리고 이어지는 운전과 야외 취침까지 계속되는 강행군이었다. 완연한 삼십 대의 한복판으로 접어든 육신은 모험심 가득한 18세 소녀 같은 마음의 장단을 맞추기에는 턱없이 쇠약했다. 불안한 마음을 반영하듯 손가락은 어느새 휴대폰을 찾아 '마운트쿡 후커밸리 트래킹 후기', '마운트쿡 후커밸리 트래킹 난이도'를 검색하고 있었다. 다행히 '마운크쿡 후커밸리 트래킹 조난'까지는 검색하지 않았지만, 조금씩 고개를 들던 걱정은 눈덩이처럼 불어나기 시작했다.

'성공할 수 있을까?'

기대와 걱정이 동시에 밀려왔다. 조난이라도 당하면 어떡할지, 길도 끊긴 상황에 구조대라고 빨리 출동할 수 있을지 영 못 미더웠다.

'남편이 나를 버리고 가지는 않을까? 나는 당신을 버릴지언정 당신은 그러면 안 되는데!'

스릴러 영화에서나 볼 법한 이기적인 생의 의지가 출발 전부터 움트고 있었다. 우리는 무서운 페얼리 홀리데이파크에서의 험난한 첫날밤도 함께 보낸 동지인데, 못할 게 뭐 있냐며 애써 용기를 짜내어 보았다. 트래킹 성공 여부는 둘째치더라도, 분명 고행길이 될 것이라는 데에는 확실히 의견을 모은 우리는 우선 든든하게 먹기로 했다.

숙소 내 공동식당으로 내려왔다. 넓은 공간에 수십 개의 테이블이 놓여 있고, 벽 쪽으로는 전자레인지와 가스레인지들이 설치되어 있었다. 우리 외에는 한 테이블에 둘러앉은 세 명이 전부였다. 설산 트래킹 전 무얼 먹어야 가장 힘이 날까를 고민하다, 비장의 무기 진짬뽕을 꺼냈다.

연애 시절 1박 2일 설악산 등반을 한 적이 있었다. 고된 산행 끝에 예약해 둔 소청봉 대피소에 도착했고, 딱딱하고 찬 바닥에 웅크려 쪽잠을 잤다. 잠자리가 불편해서인지 새벽같이 눈을 떴는데, 온몸이 어디서 얻어맞고 온 것처럼 욱신댔다. 대청봉에 오른 후 하산하는 데에 반나절이 넘게 걸릴 텐데, 기력이 전혀 남아 있지 않았다. 진퇴양난의 상황에서, 우선은 먹고 기운을 내 보자며 아침으로 챙겨간 진짬뽕을 끓였다. 구름 낀 봉우리들을 발아래 두고 뜨끈한 국물을 마시니 온몸에 전율이 느껴졌다. 신선이 된 것인가 싶은 황홀함이었다. 입에 착착 붙는 감칠맛으로 혀를 간질이는 진짬뽕을 통해 우리는 기력을 회복했고, 대청봉에 오른 후 하산까지 무사히 완료할 수 있었다. 진짬뽕이 그날의 우리를 살렸다고 해도 과언이 아니었다.

억지스럽지만 설산을 오른다고 생각하니 그날이 떠올라 진짬뽕을 꺼냈고, 역시 마운트쿡에 둘러싸여 먹는 진짬뽕은 설악산의 그것만큼이나 우리에게 큰 만족감을 주었다. MSG가 충전된 만큼 자신감도 차올랐다. 자, 이제 길을 나설 준비가 되었다.

#11.

마운트쿡,

<반지의 제왕> 속
설경을
마주하고

뉴질랜드 캠핑카 여행기

야심차게 짐을 꾸려 트래킹 코스에 가까운 주차장을 찾아 출발했다. 마운트쿡 빌리지를 몇 바퀴나 돌며 헤맸지만 눈이 너무 많이 내려 여전히 사방의 도로가 끊겨 있었다. 결국 허무하게도 다시 숙소에 돌아와 그 자리에 차를 대고 트래킹을 시작할 수밖에 없었다.

햇볕은 따뜻했지만 얼굴에 닿는 바람은 아주 매서웠다. 지도를 꺼내 방향을 확인한 후 화이트 홀스 힐 캠프사이트를 향해 씩씩하게 걷기 시작했다. 원래 어제 차로 닿았어야 할 첫 번째 목적지였다. 도로가 끊겨 걸어서 올라가야 하는 상황이 왠지 억울했지만, 그만큼 더 멋진 설경을 보여줄 것이라는 기대감이 마음을 달래 주었다. 지도와 표지판에 의지해 길을 찾는 것이 얼마 만인지, 초등학교 스카우트 시절의 캠프 이야기로 꽃을 피우며 열심히 걸음을 옮겼다.

산길이 아닌 도로를 따라 계속 걷고 또 걸었다. 제설작업이 끝난 폭 좁은 도로의 양쪽 끝에는 두터운 눈이 산더미처럼 쌓여 있었다. 까만 땅과 하얀 눈이 섞여 쿠앤크 아이스크림이 생각나는 풍경이었다. 검은 현무암으로 덮인 제주의 해변은 쿠키 함량이 높은 쿠앤크 같다면, 이곳은 하얀 아이스크림 비중이 좀 더 높은 쿠앤크랄까. 어딜 가나 이렇게 먹을 생각뿐인지, 스스로도 신기할 지경이었다. 연애 시절, 꽉 찬 보름달이 뜰 때면, 달을 톡 따다가 푹 쪄먹으면 달콤한 고구마 맛이 날 것 같다는 나를 보며 굉장히 신기해하던 남편은 이번에는 쿠앤크냐며 연신 크게 웃었다.

그렇게 깔깔대며 얼마나 수다를 떨었을까. 길은 가도 가도 계속 이어졌다. 진짬뽕이 금방 소화될 것 같은 불안감이 들 정도로 기나긴 여정이었지만, 눈부시게 반짝거리는 쿠앤크 풍경이 있어 지루하지는 않았다.

끝날 것 같지 않던 도로가 사라지고 산길로 접어들자 풍경이 확 바뀌었다. 그리고 오래지 않아 'White Horse Hill'이 적힌 표지판이 나타났다. 한 시간은 걸은 것 같은데, 차를 타고 왔다면 5분 만에 왔을 거라는 못된 미련으로 괜히 표지판을 매섭게 째려봐 주었다.

"네 이 녀석, 화장실이라도 써야겠다!"

심술을 달리 표현할 방법이 없던 우리는 캠프사이트 화장실이라도 써야겠다며 건물 안으로 들어갔다. 결론적으로 화장실에 들렀던 것은 정말 잘한 일이었다. 이곳을 지나서는 화장실을 만나지 못했기 때문이다. 혹여 그냥 이곳을 지나쳤더라면 본의 아니게 자연과 하나 될 뿐만 아니라 신혼부부로서의 신비감과 인간으로서의 존엄을 모두 깎아내리는 과정을 겪을 뻔했다.

"여기까지는 헛 등산이었다. 이제부터 시작이야!"

후커밸리 방향으로 난 화살표를 따라 걷기 시작했다. 눈 위로 총총총

찍힌 새인지 산짐승인지 모를 녀석의 발자국이 귀여웠다. 도로를 걸을 때는 깔끔하게 제설작업이 되어 있었는데, 본격적인 산길로 접어드니 자연 그대로의 모습이 여과 없이 드러났다. 지치기 전의 우리는 뽀드득뽀드득 눈 밟는 소리가 경쾌하다며 발장난을 했다. 머지않아 제설작업을 너무 안 해둔 것이 아니냐며 뉴질랜드 정부와 뉴질랜드 국립공원관리공단을 나무랄 때가 오리라는 것을 이때는 알지 못했다.

사방이 눈으로 덮여 있으니, 반사되는 햇빛에 눈이 부셨다. 이래서 영화 〈히말라야〉에 나오는 것처럼 산악인들에게 갑자기 설맹이 온다는 것이구나. 나는 싱가포르 공항에서 산 선글라스를 꼈고, 한결 눈이 편안해졌다. 남편은 선글라스를 가져오지 않아 점점 힘들어하는 눈치였다. 하지만 남편은 원래 시력이 좋지 않고, 나는 시력이 좋으니 하나만 보호할 수 있다면 내 눈을 보호하는 것이 더 좋겠다 싶어 선글라스를 양보하지 않았다. 그 누구도 알려주지 않았지만, 겨울 후커밸리 트래킹의 필수품은 다른 무엇도 아닌 선글라스다. 특히 이기적인 동반자와 함께 하는 여정이라면 더욱 필수다.

신비로운 풍경을 최대한 담고 싶어 휴대폰 카메라의 파노라마 기능을 처음으로 활용해 보았다. 연예인들에게서 발한다는 후광이 산에서도 나올 수 있다는 것을 알게 된 순간이었다. 넋을 놓고 신비로운 하늘과 눈의 빛깔에 빠져들었다. '설산멍'에 이은 '설산후광멍'이었다.

뉴질랜드 정부를 나무라며 하염없이 걷다 보니 저 앞에 드디어 첫 번째 다리가 보인다.

후커밸리 트래킹은 총 세 개의 다리를 건넌다. 다리를 모두 건너고 나면 독특한 옥빛의 빙하수가 가득한 곳에 다다르게 된다고 했다. 눈 덮인 길을 걷고 또 걸어 체력의 절반쯤 소진한 것 같은데, 이제 겨우 세 개의 다리 중 첫 번째 다리를 만난 것이다. 산의 허리와 허리를 잇는 긴 다리 아래로 푸카키 호수와 같은 옥빛 빙하수가 흐르고 있었고, 그 높이도 상당했다. 20명 이상 동시에 올라가면 안 된다는 무시무시한 표지판이 놓여 있었지만, 지금까지 겪은 뉴질랜드 남섬의 인구밀도로는 크게 걱정할 만한 사항은 아니었다. 하지만 표지판 때문인지 다리를 지탱하는 체인들이 왠지 허술해 보였다. 다리 위로 쌓인 눈이 18명 정도의 무게로 다리를 누르고 있다가 남편과 내가 다리 위로 들어서는 순간 무너지는 것은 아닐까 잠시 걱정이 되었다. 그러나 어릴 적부터 고향 대전과 가까운 전라북도 완주의 대둔산 출렁다리 위에서 단련한 배짱과 강심장으로 큰 망설임 없이 먼저 발을 내디뎠다. 서울에서 나고 자란 유약한 남편은 나의 씩씩함에 대한 찬사를 보내며 뒤를 따랐다. 그렇게 수다를 떨며 조금 더 걷다 보니 두 번째 다리가 등장했다. 데자뷔인가 싶을 정도로 첫 번째 다리와 닮아 있었다. 이번에도 지방민의 배짱과 패기로 나의 주도 하에 무리 없이 다리를 건넜다.

이제 세 번째 다리만 건너면 아름다운 호수를 만날 수 있다는 기대감에 발걸음을 재촉했다. 어서 눈앞에 다시 한 번 다리가 나타나기를 고대하며 무거운 다리를 들어 걷고 또 걷는데 도대체 나올 생각을 하지 않았다. 이게 내 다리인지 남의 다리인지 분간이 안 될 정도로 점점 무감각해지고 숨이 턱까지 차오르기 시작했다. 눈에 띄게 나의 걸음 속도가 느려지자, 세 걸음에 한 번씩 뒤를 돌아보던 남편의 얼굴에도 점점 걱정이 비쳤다. 나는 점점 지쳐갔다. 신비한 설경도 더 이상 눈에 들어오지 않았다. 후커밸리 트래킹은 절대 만만한 코스가 아니었다. 나름 체력만큼은 자부했는데, 누적된 피로 때문인지 익숙지 않은 겨울 산행의 영향인지 한 발짝도 더 떼기 싫은 순간이 오고 말았다.

나는 백기를 들었다. 마운트쿡에 둘러싸인 옥빛 호수는 정말 보고 싶었지만, 더 전진하면 돌아갈 힘이 남지 않을 것 같았다. 눈밭에 아무렇게 주저앉는 나를 일으킨 남편은 양지바른 곳의 눈을 치워주며 여기에서 기다리라고, 호수까지 얼마나 가야 하는지 보고 오겠다고 했다. 혹 너무 멀면 혼자 가서 나를 위해 멋진 호수의 모습을 카메라에 담아 오겠다고 했다. 남편도 나 못지않게 지쳐 보였지만, 애써 얼굴에 미소를 짓고는 세 번째 다리와 호수가 있을 방향으로 무거운 걸음을 옮겼다.

그 순간, 연애 시절의 홍콩 여행이 떠올랐다. 하늘의 태양과 데워진 아스팔트가 위아래로 열을 뿜어내던 8월의 홍콩 시내, 우리는 가이드북에 소개된 운남쌀국수 맛집을 찾겠다며 복잡하고 무더운 골목골목을 헤매고 있었다. 입구가 작고 허름하다는 안내는 있었지만, 온 건물을 오르락내리락 해봐도 도저히 어디 숨어 있는지 보이지 않았다. 이제 와서 포기하기에는 억울하다며 우리는 계속 식당을 찾았고, 나중엔 땀을 너무 흘려 탈진하기 직전이었다. 지친 나를 본 남편은 갑자기 어떤 신발가게에 들어가자고 했다. 갑자기 신발이 사고 싶다는 것인가 싶어 쳐다보니 여성 구두상점이었다. 의아해하는 내게 남편은 "힘드니까 잠시 신발 구경하고 있어!"라는 말을 남기고 금세 사라졌다. 얼마 후 벌게진 얼굴로 땀을 뻘뻘 흘리며 돌아온 그는, 나를 데리고 골목 구석의 허름한 건물 2층으로 올라갔다. 그곳에는 우리가 그렇게 찾아 헤매던 운남쌀국수 간판이 붙어 있었다.

남편은 항상 그렇게 나를 위해주는 사람이었다. 그때도 지금도, 나를 위해주는 그 마음이 참 고마웠다. 그래, 하산 길에는 선글라스를 잠깐 빌려줘야겠다.

조용히 앉아 쉬면서 남편을 기다리다 보니, 그동안 보지 못한 설산의 음영이 눈에 들어왔다. 해가 드는 곳은 밝고 눈부시지만, 햇볕이 닿지 않는 면은 끝도 없이 어두웠다. 어두운 곳에는 녹지 않은 눈이 켜켜이 쌓여 얼어붙어 있었고, 다가가면 모두 삼켜버릴 것만 같은 위압감이 들었다.

내 주변을 360도 둘러싸고 있는 거대한 설산 가운데서 해의 위대함을 온몸으로 느끼는 순간이었다. 조금 더 해가 잘 드는 곳으로 엉덩이를 들썩거리며, 평화와 두려움이 공존하는 시공간 속에 섞여갔다. 미어캣처럼 목을 빼고 남편이 오기만을 기다렸다. 얼마 후 웃으며 씩씩하게 걸어오는 그가 보였고, 이산가족 상봉이라도 하듯 버선발로 뛰어가 반겨주었다. 남편은 아이가 엄마에게 소풍 다녀온 이야기를 하듯, 신나게 호수 이야기를 해주었다. 카메라로 사진도 보여주었는데, 물빛이 정말 독특하게 탁한 옥색이었다. 데카포와 푸카키에서도 본 그 빛깔이라 이제는 덜 놀랍지만, 나는 그의 노력에 대한 보답으로 더욱 호들갑스럽게 감탄사를 연발했다. 한 가지, 아직도 미심쩍은 것은 카메라에 담긴 호수의 모습이 멀리서 찍은 것들만 있다는 점이다. 굳이 묻지 않았지만, 아마 남편도 호수까지 가기에는 너무 힘들었나 보다.

이제 다시 대장정을 시작해야 한다. 발걸음을 돌려 왔던 길을 돌아 내려오기 시작했다. 내리막이 주는 안도감 덕분인지 길이 익숙해서인지 화이트 홀스 힐에 생각보다 빨리 도착했다. 산길을 다 내려오니 아까 하염없이 걸어왔던 도로가 나왔다. 여전히 차량 진입이 허용되지 않은 눈 덮인 도로를 걷고 또 걸었다. 체력을 소진한 상태에서 걷는 이 도로는 더욱 억울하게 느껴졌다. 애꿎은 뉴질랜드 국립공원관리공단을 한 번 더 탓하며 멀리 보이는 우리의 캠퍼밴을 향해 걸었다.

신기루처럼 닿을 수 없을 것만 같던 캠퍼밴에 드디어 도착했다. 캠퍼
밴 온풍기를 최대로 틀고 그 앞에 쪼그려 앉았다. 꽁꽁 언 몸이 순식간에
사르르 녹았다. 며칠간 온풍기의 뜨거운 바람이 너무 건조하다며 잔뜩
볼멘소리했던 게 너무나 미안한 순간이었다. 좌석을 펼쳐 침대처럼 길게
만든 후 트래킹화를 벗고 누우니 천국이 따로 없었다.

"남편, 집이 최고다."

"그러네. 이제 캠퍼밴이 우리 집 같구나."

마운트쿡 후커밸리 트래킹은 힘들었지만, 다시 찾고 싶냐 묻는다면 망
설임 없이 "Yes!"를 외칠 만큼 아름다운 곳이었다. 〈반지의 제왕〉에 그
려졌던 웅장한 풍경들을 눈앞에 그대로 옮겨 놓았다고 표현하면 가장 가
까울 것 같다. 다만, 다시 찾게 된다면 겨울이 아닌 다른 계절의 마운트
쿡을 만나보고 싶다. 웅장한 설산도 좋지만, 알록달록 새로운 생명이 돋
아나는 봄의 마운트쿡, 강렬한 햇볕이 내리쬐는 열정적인 여름의 마운트
쿡, 아니면 낙엽이 흩날리는 낭만적인 가을의 마운트쿡도 궁금해졌다.
남편과 언젠가 다시 한번 꼭 오자는 약속을 하며, 다음 목적지를 살폈다.
오늘 머물 홀리데이 파크에 도착하려면 서둘러야 했다. 간단하게 요기를
하고, 오마라마라는 작은 도시의 홀리데이파크로 향했다.

#12.

도전,
캠핑카
셀프
주유하기

뉴질랜드 캠핑카 여행기

마운트쿡 숙소에서의 편안한 실내 취침 덕분일까? 고된 트래킹 후 꿀맛 같은 잠깐의 휴식에도 금방 기운이 났다. 어두워지기 전에 서둘러 오늘의 목적지인 오마라마(Omarama)로 향했다. 오마라마는 뉴질랜드 여행 책에서 쉽게 찾아보기 힘든 작은 도시이다. 우리는 번화한 퀸스타운으로 가기 전 조용한 오마라마 홀리데이파크에서 하루를 묵기로 하였다.

오마라마로 가는 여정에 흥을 더해 줄 노래를 틀었다. 마운트쿡의 춥고 긴 밤을 꼬박 지새우며 어렵게 다운로드한 귀한 노래들이었다. 지난밤에 그리도 간절히 바랐건만 거북이도 울고 갈 설산 속 와이파이 속도는 '한국인이 사랑하는 팝송 101곡'만을 우리에게 허락하였다. 최신가요까지 내려 받으려면 최소 2박은 더 머물러야 할 판이었다. 빠른 인터넷 속도만큼이나 급한 성격을 자랑하는 대한민국 청년 둘은 과감하게 최신곡을 포기하고 숙소를 나섰다. 아쉬운 마음은 지울 수 없었지만, 그래도 101곡의 팝송이 있는 게 어디냐며 플레이 버튼을 눌렀다. 추억의 노래들이 흘러나오고, 후렴구만 간헐적으로 따라 부르는 식의 흥얼거림이 남편과 내 입에서 동시에 흘러나왔다. 백스트리트 보이즈부터 머라이어 캐리, 토니 브랙스톤, 브리트니 스피어스, 엔 싱크, 크리스티나 아길레라까지 추억의 팝 가수들이 캠퍼밴에 탑승했다가 떠나가길 반복했다. 끝없이 펼쳐진 길 위에서 지루함 따위는 감히 탑승할 수 없는 흥겨운 공기가 차 안에 가득 찼다.

순간, 동갑과 결혼했다는 것이 참 좋다고 느꼈다. 노래를 들으며 "우리 대학 들어갔던 그해에 나왔던 노래, 그래그래 그 노래!" 하며 맞장구를 칠 수 있어서 말이다.

신나게 노래를 따라 부르며 추억여행을 하는 사이 오마라마에 도착했다. 작고 낮은 건물들과 병풍처럼 둘러싼 설산이 조화롭게 어우러졌다. 어스름하게 내린 어둠 사이사이 가로등이 뿌연 빛을 뿜어내고 있었다. 그리고 우리 차 안에도 처음 보는 주황색 불빛이 켜졌다. 바로 주유등이었다.

'우리 배만 불렀지, 네 배를 채워주지 않았구나.'

오마라마쯤에서 주유를 해야겠다고 생각은 하고 있었다. 전혀 치밀하지 않은 두 사람이었지만 기가 막히게 계획이 맞아떨어졌다고 으쓱으쓱하며, 미리 찾아 두었던 도시 초입의 주유소로 향했다.

천편일률적인 주입식 교육과 남들만 따라 해도 중간은 간다는 철학에 길들여진 대한의 두 청년은 셀프주유소임에도 당황하지 않고 손님이 오기를 기다렸다. 누구든 오기만 하면 기가 막히게 관찰하여 모방해 주리라. 얼마나 시간이 흘렀는지, 어스름했던 하늘이 까맣게 짙어지도록 개미 새끼 한 마리도 나타나지 않았다. 가뜩이나 낮은 뉴질랜드의 인구밀도가 이 작은 도시에서는 완전히 소멸해 버린 것만 같았다. 모방 작전에 실패한 우리는 우선 부딪쳐 보자며 기기 앞에 섰다. 다행히도 한국의 셀프주유소에서 쌓아 온 '짬'으로 리터 부분을 'Full'로 세팅했다. 호스를 캠퍼밴 기름통에 연결한 후 레버를 당겼다. 할아버지 기침하듯 쿨럭 쿨럭하던 호스는 우렁찬 소리와 함께 기름을 쏟아냈다. 끝도 없이 들어가는 것 더니 85불에서 탁! 하고 멈추었고, 왜인지 모르겠지만 리터당 6센트가 할인되어 총 80불이라고 표시되었다. K아주머니는 할인이라는 말에 기분이 좋아져 멋지게 결제를 해주겠노라 결제 단말기를 찾았다. 그런데 아무리 찾아도 카드 결제 단말기가 보이지 않았고, 현금 투입구 또한 찾을 수가 없었다. 도저히 안 되겠다 싶어 뒤쪽에 있는 편의점으로 들어갔다.

"주유를 했는데 지불을 어떻게 하면 될까요? 카드 결제 단말기가 보이지 않네요."
"네, 주유는 후불입니다. 여기서 결제하면 됩니다."

편의점 주인은 느긋한 표정으로 이곳에 들어와 결제하면 된다고 했다. 친절한 말투와 미소는 덤이었다. '네가 여기에 굳이 들어와 얘기하지 않았다면, 나는 모를 뻔 했지 뭐야?'라고 말하는 듯한 태평하고 온화한 표정이었다.

　정말 엄청난 시민의식이라고 생각했다. 결제를 하지 않아도, 심지어 결제 수단을 보증하지 않아도 주유가 가능하다는 것이 놀라웠다. 주유 후에 도망가지 않고 번거롭게 가게 안으로 들어가 후불 결제를 하고 가는 시스템을 유지할 수 있는 것은 반드시 사회와 사람에 대한 신뢰가 있어야만 가능하다. 불과 몇 시간 전 제설작업을 게을리했다며 뉴질랜드 정부를 나무라던 나는 이런 성숙한 시민의식을 가진 곳은 처음이라며 뉴질랜드 사회를 추켜세웠다. 더불어 나 또한 예절이라면 뒤지지 않는 극동지방의 정직한 모범시민으로서 친절한 미소와 함께 카드를 내밀었고, 깔끔하게 결제한 후 기분 좋게 홀리데이파크로 향했다.

캠핑포차?

캠핑노래방?

뉴질랜드 캠핑카 여행기

주유소 길 건너에 자리한 오마라마 홀리데이파크에 금세 도착했다. 이곳은 홀리데이파크 Top 10 멤버십을 운영하는 곳이었는데, 주인아저씨의 영업력이 여간 좋은 게 아니었다.

"단돈 49불에 2년 동안 뉴질랜드 전역 Top 10 멤버십 제휴 홀리데이파크의 다양한 서비스를 이용할 수 있습니다. 2년이라니 완전 거저예요, 거저. 이렇게 캠퍼밴으로 여행을 다니는 예쁜 커플에게 아주 제격입니다."

우리는 주인아저씨의 열정적인 설명을 끊을 타이밍을 잡지 못한 채 한참을 서 있었다.

'2년 내에 다시 올 수 있을지 알 수 없다네, 주인 양반.'

마음속으로만 거절의 말을 뱉으며, 온화한 미소로 우리는 괜찮을 것 같다고 매우 외교적인 거절을 했다. 그러자 아저씨는 굴하지 않고 다시 영업을 시작하려 했다.

"멤버십은 괜찮습니다. 하루만 묵으려고요. 45불이죠?"

재빠르게 영업을 차단한 후 카드를 내밀었다. 아저씨는 나의 단호한 표정에 금세 영업을 포기하고 순순히 결제를 했다. 그러고는 우리가 주차할 사이트를 안내해 주었다. 부연 설명이 한동안 이어졌다. 영업에 대한 열정이 높다기보다는 그냥 말이 많은 분이 아닐까 하는 의심을 지울 수 없었다.

안전하게 주차를 하고 캠퍼밴에 전기를 연결한 후 뉴질랜드 청정우와 소주부터 꺼냈다. 트래킹과 운전으로 체력 소모가 많았던 우리는 아주 허기진 상태였고, 주차와 전기만 해결되면 바로 배부터 채우자며 이곳에 들어서는 순간을 고대하고 있었다. 주인아저씨만 아니었으면 조금 더 일찍 먹을 수 있었을 텐데 말이다.

우리는 고기를 굽는 시간을 채 기다리지 못하고 우선 소주 한 잔으로 배 속을 달랬다. 술꾼에게도 술이 가장 맛있는 순간이 있는데, 바로 배가 고플 때이다. 빈속에 뜨끈한 소주의 기운이 퍼졌다. 피로도 허기도 싹 물러나게 하는 행복감이 온몸을 감쌌다. 진돗개 3호 발령의 기운이 고개를 들려는 찰나, 고기가 익기 전에 먹을 다른 안주가 없겠냐는 다급한 내 외침에 남편이 고추참치를 꺼냈다. 천재랑 결혼했다.

이 정도면 캠핑카 여행을 한 게 아니라 캠핑포차에 다녀간 기억으로 남겠다며 한참을 웃었다.

"이 캠핑포차 안주가 고퀄리티네."

"기왕 이렇게 된 거 총동원해 볼까?"

오늘 저녁은 제대로 한번 먹어보자며 우리는 뉴질랜드 스테이크에 곁들일 잡곡밥도 전자레인지에 하나씩 돌렸다. 건너기가 다소 부실했지만 뜨끈한 온기만으로도 상을 가득 채워주는 김칫국도 끓였다. 양파장아찌, 멸치 볶음, 진미채 무침까지 먹고 싶은 반찬을 모두 꺼내 작은 상을 꽉꽉 채웠다. 그리고 빠질 수 없는 소주와 더불어 '한국인이 사랑하는 팝송 101곡'을 재생했다. 주변에 다른 캠퍼밴이 없는 것을 확인하고는 음악 소리를 아주 크게 높였다. 여느 감성주점 부럽지 않은 우리만의 아지트였다. 우리는 좁은 그곳에 붙어 앉아 맛있게 먹고, 시원하게 마시고, 신나게 노래를 불렀다. 조용한 시골 오마라마에서의 조용하지 않은 밤이었다.

아침에 눈을 뜨니 차창 밖의 풍경이 그동안 봐왔던 풍경과는 새삼 달랐다. 이런 풍경을 두고 목가적 풍경이라고 하는 걸까? 우리 말고는 몇 명 머물지 않은 넓고 한산한 공간, 화려하지 않은 건물들과 과하지 않은 나무들에 죽 둘러싸여 있는 기분이 괜히 좋은 아침이었다. 우리도, 우리 캠퍼밴도 편안히 잘 쉬었다.

차 문을 열고 밖으로 나오니 제법 쌀쌀한 공기가 훅 들어왔다. 오늘 아침은 캠버밴 말고 홀리데이파크 건물 안에서 먹기로 했다. 주차 공간 앞으로 허술하게 지어진 몇 채의 집들은 홀리데이파크의 생활동이었다. 공용 부엌과 샤워장이 있어 좁은 캠퍼밴을 벗어나 따뜻한 식사와 세면을 할 수 있는 곳이었다. 남편은 어제 노래를 열심히 불러서인지 배가 고프다며 아침부터 진수성찬을 차렸고, 노래는 더 열심히 불렀지만 이상하게도 입맛이 돌지 않았던 나는 모닝커피를 한 잔했다. 날이 추워서인지 나는 조금 지쳤고, 퀸스타운에 가면 다른 것은 몰라도 실내 취침할 수 있도록 숙소를 예약하자고 제안하였다. 남편은 나의 지친 기색을 알아채고는 좋은 숙소에서 편히 쉬자며 토닥였다.

"힘내서 가보자! 여왕의 도시에서의 실내 취침을 향해!"

넓은 샤워장이 무색할 만큼 좁은 범위의 고양이 세수를 한 후 캠퍼밴으로 돌아왔다. 퀸스타운의 숙소에 가서 따뜻한 실내 목욕을 할 심산이었다. 아직 숙소를 예약한 상황이 아니었기 때문에 우선 퀸스타운 도시 중심으로 내비게이션을 설정하고, 가는 길에 숙소를 예약하기로 했다. 따뜻한 침대에서 푹 쉴 생각을 하는 것만으로도 기분이 좋아졌다.

'Queenstown'을 내비게이션에 입력하니 100km 직진 후 우회전이라는 안내가 나왔다. 뉴질랜드에서 내비게이션에 목적지를 찍으면 '150km 직진 후 좌회전하여 110km 직진'과 같은 안내를 자주 접하게 된다. 처음에는 내비게이션이 고장 난 것인가 싶어 의아했다. 어쩜 길 안내가 이렇게 성의 없을 수 있는지, 좁은 골목골목을 미꾸라지처럼 안내하는 한국의 내비게이션을 구경시켜 주고 싶은 심정이었다. 그러나 며칠간 운전을 하며 남섬의 광활함을 목격하고 나니 뉴질랜드 내비게이션이 지극히 정상이라는 것을 깨닫게 되었다. 드넓은 대지 위의 한 줄기 빛 같은 단 하나의 도로, 더도 덜도 없이 그게 전부였다. 한국에서 복잡한 길 안내에도 요리조리 도로를 누비고 다녔던 우리에게, 뉴질랜드의 심플한 길 안내를 따라가는 것은 식은 죽 먹기였다. 너무 쉬워서 시도 때도 없이 졸음이 오는 게 부작용이랄까.

길을 나서자 또다시 숨 막히게 아름다운 광경이 펼쳐졌다. 그동안의 풍경과는 또 다른 느낌이었는데, 우리나라 가을 황금 들녘과 흡사한 누런 벌판이 끝도 없이 펼쳐져 있었다. 그리고 그 끝에는 마치 황금벌판과 하늘이 맞닿는 것을 방해하는 것 마냥 설산이 둘러싸고 있었다. 저 멀리서는 간달프가 여전히 하얀 말을 타고 달리고, 들판에서는 호빗들이 뛰어놀고 있을 것 같은 풍경이었다. 이대로 계속 풍경을 떠나보내는 것은 예의가 아닌 것 같아서 동방예의지국의 두 청년은 또 이름 모를 길 위에 차를 세우고 내렸다. 예의를 지키는 것도 참 보통 일이 아니다.

한참 신나게 사진도 찍고 "우와~"인지 "야호~"인지 모를 감탄사를 수도 없이 외친 후 캠퍼밴으로 돌아왔다. 어제 저녁 내내 노래를 신나게 부른 남편은 목청이 트였는지 감탄사를 넘어 환호성을 질렀다. 한국에 돌아가면 블루투스 마이크를 꼭 사줘야겠다.

점점 눈이 사라지고 황량한 느낌의 구릉지대가 등장했다. 예전에 한참 중앙아시아 지역으로 출장을 다녔었는데, 그때 봤던 코카서스산맥의 줄기와 비슷한 느낌이었다. 넓은 땅에 메마른 느낌이 더해지더니 길이 점점 구불구불 어려워지기 시작했다. 처음 하는 대형차량 좌측통행 운전인데다 어려운 길을 만나니 핸들을 잡은 남편 손에 힘이 들어갔다. 그리고 그때는 미처 알지 못했다. 우리가 역주행으로 경찰을 만나게 될 것이라는 사실을 말이다.

#14.

일촉즉발,
역주행으로
경찰 출동

뉴질랜드 캠핑카 여행기

마운트쿡에서 멀어질수록 하얗던 세상에 색깔이 생겨났다. 푸릇푸릇하기보다는 거칠고 누런 느낌의 구릉지대여서 잠시 뉴질랜드가 아닌 다른 곳에 와 있는 것 같은 느낌이었다. 굽이치는 산등성이를 따라 끝없이 달리니 거대한 뱀의 따리 안에 들어와 있는 것만 같았다. 그동안의 풍경이 모험으로 가득한 판타지 영화 같았다면, 이곳은 〈분노의 실주〉나 〈미션임파서블〉 같은 영화를 떠올리게 했다.

뉴질랜드 캠퍼밴 여행을 다니면서 만난 대부분의 길은 왕복 2차선이었다. 가끔 우측으로 추월차선이 나타나긴 하지만 1방향 1차선이 대부분이었다. 앞차가 더디 가기 시작하면 답답함에 열을 내며 콧김을 내뿜었고, 때로는 내가 그 더딘 차가 되어 뒤차 눈치를 보며 주행하기도 했다. 달리는 캠퍼밴 안에서 수다를 떨고 노래를 부르고, 이따금씩 조용히 생각하는 시간이 이어졌다.

대화의 공백이 어색하지 않고, 그저 곁에 있다는 것만으로 편안함으로 주는 사람과 함께할 수 있음에 감사했다. 그렇게 생각에 잠겨 있던 어디쯤부터였을까, 눈에 띄게 길이 구불구불 어려워지기 시작했다. 내비게이션은 분명 직진을 명령하고 있는데, 눈앞에 펼쳐진 한 줄기의 차선은 거친 구릉지대의 변화무쌍한 롤러코스터 레일이었다. 남편도 나도 긴장했고, 결국 그 순간이 오고야 말았다.

우리는 급커브 갈림길에서 우회전을 해야 했다. 약 100km쯤 구불구불 직진을 이어왔기에 갑자기 등장한 갈림길에 당황했고, 우왕좌왕하며 우측으로 방향을 전환하는 과정에서 좌측 차선이 아닌 우측 차선으로 진입하고 말았다. 한국에서의 오랜 습관으로 낯선 땅에서 역주행을 하게 된 것이다. 중앙선에는 울타리가 세워져 있어 바로 반대 차선으로 이동할 수도 없는 노릇이었다. 어떻게 움직여야 할까 고민하던 그때 맞은편에서 무서운 기세로 달려오는 차량 두 대가 눈에 들어왔다. 인적이 드문 도로인 만큼 두 차량은 제법 빠른 속도로 가까워졌고 이대로라면 정면으로 충돌할 수도 있는 일촉즉발의 상황이었다. 이렇게 멀리 타국에서 생을 마감하는 것인가…. 머릿속에 파노라마처럼 짧은 인생의 순간들이 스쳐 갔다. 억울하긴 하지만 누구를 탓할 수도 없는 상황이었다. '한국의 신혼부부, 뉴질랜드 시골길에서 역주행'이라는 제목으로 여론의 뭇매를 맞으며 황천을 건너는 것인가 아찔한 생각이 이어졌다. 절망의 그림자가 드리우던 바로 그때, 우리를 향해 달려오던 차량들이 긴급히 속도를 낮추며 멈추어 섰다. 두 차량의 운전자들이 약속이나 한 듯 문을 열고 차 밖으로 나왔다. 안도한 우리도 급히 멈추고 차에서 내렸다. 두 명의 운전자들이 뒷목을 잡거나 삿대질을 하며 나올 것으로 예상하고 최대한 정중하게 사과할 준비를 하고 있었다. 그런데 짜증 따위를 전혀 찾아볼 수 없는 온화한 얼굴의 두 사람이 다가왔다.

"외국에서 왔나요?"(웃음)

"기다려줄 테니 천천히 차선을 바꿔봅시다. 제가 수신호로 안내할게
요."(친절)

그들은 좁은 길 위에서 대형 캠퍼밴의 중앙선 건너기가 쉽지 않을 것
을 예상하고는 길 위를 이쪽저쪽 누비며 수신호를 보냈다. 온갖 손짓, 발
짓을 동원하여 우리의 하잘것없는 운전 솜씨에 큰 보탬이 되어 주었다.
그 덕분에 우리의 캠퍼밴은 천천히 후진하여 갈림길까지 간신히 도달했
고, 후진 우회전을 통해 갈림길 전에 달려온 좌측 차선으로 들어섰다. 우
리가 지구 자전의 속도로 방향을 바로잡는 중에도 몇 대의 차량이 지나
갔다. 아찔한 순간들이었지만, 모두 속도를 낮추어 안전하게 지나가 주
었다. 조수석에 앉아 있던 나는 벨트를 풀고 뒷좌석으로 가 애쓰는 남편
의 후방카메라가 되어 주었다. 차 밖에서 도와준 두 명의 운전자의 도움
까지 합세하여 안전하게 다시 크게 우회전을 한 후 무사히 좌측 차선으
로 진입할 수 있었다. 우리는 두 명의 은인에게 거듭 감사 인사를 했다.
그들은 즐거운 여행이 되기를 바란다며 미소로 화답해 주었다. 도착한
순간부터 뉴질랜드의 친절함에 감탄했지만, 이 정도일 거라고는 기대하
지 못했다. 타국에서 느낀 성숙한 운전자들의 매너는 어리숙한 여행자들
의 마음을 훈훈하게 데워 주었다.

두 운전자가 떠나고 우리도 놀란 가슴을 쓸어내리며 천천히 액셀을 밟았다. 비로소 긴장이 풀린 남편과 내가 피식 웃음을 터뜨렸다. 잊지 못할 에피소드 하나 만들었다며, 우리도 한국에 가면 웬만해서는 뒷목 잡지 말고 다른 운전자들을 배려하자고 다짐했다. 한참 이야기꽃을 피우던 그때, 갑자기 경찰차 사이렌 소리가 들리기 시작했다. 별 신경 쓰지 않고 계속 달리고 있는데 희한하게도 사이렌 소리가 점점 가까워졌다. 오래지 않아 사이드미러로 보이는 경찰차가 우리를 향하고 있다는 사실을 알아챌 수 있었다. 남편은 황급히 차를 세우고 창문을 내렸다.

"역주행하셨다는 신고가 있어 출동했습니다. 어떻게 된 일인가요? 운전자는 차에서 내려주세요."

"(남편이 차에서 내리며) 우리는 정상적인 대한민국 사람으로서 지금 신혼여행 중입니다. 우리나라는 차량 우측통행이라 순간 헷갈려 우회전 후 우측 차선으로 진입하였습니다. 친절한 운전자들의 도움으로 바로 차선을 바꾸었고 다른 특이사항은 없었습니다."

"(그냥 넘어가 줄 것 같은 느낌으로) 오, 신혼여행 중이시군요. 차선이 헷갈린 것을 보니 첫날인가 보네요."

"(남편이 대쪽 같은 얼굴로) 아닙니다. 벌써 넷째 날입니다."

경찰은 호의적이었던 얼굴을 거두고 심각한 표정을 지으며 손에 들고 있던 단말기를 조작하기 시작했다. 무언가를 조회하는 것 같은 느낌이었고, 나는 지나치게 정직한 남편에게 눈빛 레이저를 보냈다. 한참 단말기를 보던 경찰은 남편을 보며 당부하듯 말했다.

"좌측통행 꼭 명심하시고, 친절하게 운전해 주세요. OK?"
"(남편이 아주 결의에 찬 표정으로) OK. I am a very kind driver.(저는 아주 친절한 운전자입니다.)"

남편의 말에 경찰과 나의 입에서 동시에 피식 웃음이 새어 나왔다. 그러다 그는 체통을 지켜야겠다고 생각했는지 다시 표정을 굳히며 나에게 말했다.

"아내 분은 아까 뒤를 봐준다고 안전띠를 풀었다고 들었습니다. 차량 이동 시에는 절대 안전띠를 풀면 안 됩니다. OK?"

나 역시 남편에 뒤지지 않는 결의에 찬 표정으로 크게 오케이라고 답했다. 우리의 의지를 높이 산 것인지 다행히 경찰은 다른 조치 없이 즐거운 여행이 되기를 바란다는 말을 남기고 자리를 떠났다. 이렇게 해서 눈치 없이 정직한 남편과 나의 역주행 스토리는 자칫 위험할 수 있었던 고비를 넘기고 다시금 재밌는 해프닝으로 남을 수 있었다. 처음 해보는 역주행의 공포와 경찰의 등장에 너무 놀랐지만, 그보다 더 놀라웠던 것은 사람들이 보여준 친절함이었다. 도로 위에서 경험한 뉴질랜드 성인군자들의 모습은 다시 떠올려도 정말로 감동적이었다. 놀란 가슴을 다시 한번 쓸어내리며 따뜻한 감동만 안고 다시 출발!

#15.

크롬웰,

우연한 기회로
맞게 되는
특별한 인연

뉴질랜드 캠핑카 여행기

창밖으로 한 무리의 양 떼들이 나타났다. 좁게 난 길을 따라 몇 시간을 달리는 동안 대략 1천 마리의 양, 2백 마리 말, 1백 마리의 소와 만났다. 사람은 경찰관과 운전자들 포함 대략 7명 정도 되었을까 싶다. 뉴질랜드 남섬 여행을 하면서 만난 양만 세더라도 불면증 따위는 평생 없을 것 같다는 생각을 하며 계속 달렸다.

동물들의 세계를 계속해서 지나니 황량했던 풍경이 걷히고 일본 온천 마을에 들어선 것 같은 아기자기한 풍경이 등장했다. 인적이 드문 기나긴 길을 지나 사람이 사는 것 같은 풍경을 만나니 어찌나 반가운지, "마을이다!"라고 외치기까지 했다. 특히나 화장실이 급했던 나는 마을이 여간 반가운 것이 아니었다. 좁디좁은 캠퍼밴 화장실 말고 널찍한 곳에서 여유롭게 개인 정비의 시간을 갖고 싶다는 생각을 하루 종일 하고 있었기 때문이다.

중간에 들른 이 도시의 이름은 크롬웰(Cromwell)이었다. 얼핏 보기에도 작은 도시 같았는데 하늘이 끝도 없이 높고 아름다웠던 덕분인지 오랫동안 기억에 남는 도시가 되었다. 우리는 크롬웰 시티센터에 주차를 했다. 뉴질랜드 전역에서 i-Site라는 간판을 쉽게 볼 수 있는데 '아이사이트'라고 부르는 관광안내소이다. 많은 안내 자료들을 무료로 얻을 수 있고, 운영 중인 관광 프로그램도 소개받을 수 있어 우리는 자주 이곳에 들렀다.

크롬웰에서도 i-Site에 들러 도시에 대해 약간의 정보를 접한 후 오랜 운전으로 목 통증을 호소하는 남편을 위해 i-Site 옆에 있는 약국에 갔다. 우리나라로 치면 간단한 약과 화장품 등을 다양하게 취급하는 상점 느낌이었다. 역시나 뉴질랜드 전매특허인 여유로운 웃음을 머금은 점원이 다가와 무엇을 찾는지 물었다. 남편이 영어로 통증을 호소하며 목을 가리켰다. 역주행 이후 남편의 연기력이 일취월장하고 있었다. 눈치 빠른 점원은 바로 증상을 파악하고는 우리를 안쪽 매대로 이끌었다. 그곳에는 예전 태국 여행에서 봤을 법한 호랑이 연고가 쌓여 있었다. 육각형 종이 박스에 진한 아시아의 향기가 풍기는 무늬가 새겨진 바로 그 호랑이 연고였다. 어떻게 이 먼 나라의 작은 도시에까지 들어왔을까? 국경 없는 유통망에 놀라기도 잠시, 남편은 이게 아니라 바르면 후끈후끈하면서 근육통을 잠재우는 약을 원한다고 했다. 후끈후끈을 표현하는 손짓, 발짓이 제법이다. 점원은 남편의 메소드 연기가 뜻하는 바를 금세 파악하고는 다른 쪽 매대로 안내했다. 그곳에는 남편이 그렇게 염원하던 멘소래담(Mentholatum)이 진열되어 있었다. 남편은 뛸 듯이 기뻐했다.

"오우, 손님 멘또래덤을 찾으셨던 것이군요!"

친절한 점원은 본인 목의 통증이 사라질 것처럼 함께 기뻐해 주었다.

그 순간, 남편은 멘소래담이 우리말이 아닌 영어라며 다시 한번 호들갑스럽게 놀라워했고, 나는 남편이 놀라는 모습을 보며 더욱 놀랐다. 조금 모자란 사람이랑 결혼했다.

아마도 내게 크롬웰이 기억에 남는 공간이 된 가장 큰 이유는 이것이 아닐까 싶은데, 바로 공중화장실이었다. i-Site 옆에 자리한 문 세 개의 소박한 건물이라 크게 기대하지 않고 들어가 보니, 겉보기와 다르게 내부는 호사스럽기 그지없었다. 반짝반짝 대리석으로 추정되는 고급스러운 바닥에, 먼지 하나 없을 정도의 청결함, 화장실이라고는 상상도 할 수 없는 좋은 향기가 가득한 공간이었다. 넓기는 또 얼마나 넓은지 지난 대학 시절 내 하숙방보다 훨씬 넓고 깨끗하다고 해도 전혀 무리가 없는 수준이었다.

나는 화장실에 예민한 편은 아니다. 오히려 장 트러블이 많은 일명 '장 트라볼타' 남편이 화장실에는 훨씬 예민하다. 남편은 집 떠나면 큰일을 보기가 어렵다고 하던데, 나는 아프리카 오지에 가서도 물갈이 한 번 안 하고 화장실 가는 데에도 큰 문제가 없었다. 이렇게 무난한 장을 갖고 있는 나지만 캠핑카 화장실은 사실 퍽 불편했다. 무엇보다도 너무 좁아서 문을 닫으면 무릎이 닿는 것, 게다가 방음도 되지 않아 새 신부를 너무 부끄럽게 한다는 것이 가장 치명적이었다. 캠퍼밴 생활 며칠째, 좁은 캠퍼밴 화장실을 떠나 넓고 쾌적한 화장실을 간절히 갈망하고 있었다. 그런 의미에서 크롬웰의 럭셔리 공중화장실은 진정 나를 위한 최적의 장소였다. 충만한 만족감에 기분이 들뜬 나는 남편에게 여기서 한잠 자고 가도 될 것 같다며 신나게 화장실을 자랑했고, 남편은 그게 재미있다며 한참을 껄껄댔다. 아마 남편도 조금 모자란 사람과 결혼했다고 생각했던 것 같다.

지도 위의 파란색 선이 바로 마운트쿡에서 오마라마를 거쳐 크롬웰까지 온 여정이다. 닿을 것이라 전혀 예상치 못했던 크롬웰이라는 도시는 여러모로 고마운 곳이었다. 나와 남편이 각각 그렇게 갈망하던 멘소래담과 쾌적한 화장실을 안겨주었으니 무엇을 더 바라겠는가. 역주행 에피소드의 짜릿함까지 더해져 절대 잊지 못할 소중한 여행지가 되었다. 우연한 기회에 맺게 되는 사람, 그리고 공간과의 인연, 이것이 여행을 떠나는 이유 중 하나가 아니겠냐며 크롬웰을 마음속 깊이 저장하고 다시 길을 떠났다.

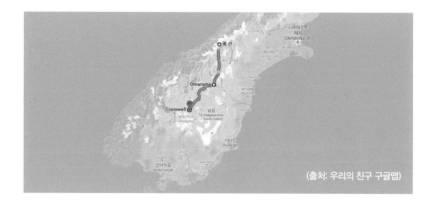

(출처: 우리의 친구 구글맵)

#16.

실내 취침,

기대했던
숙소의 배신

뉴질랜드 캠핑카 여행기

닿을 듯 닿지 않던 그곳, 여왕의 도시 퀸스타운에 드디어 도착했다. 크롬웰에서의 좌충우돌 에피소드들 때문인지 퀸스타운까지의 여정이 길고 고되게 느껴졌다. 그래도 오랜만에 만나는 대도시이니 마트도 가고 도심 구경도 할 수 있겠다는 생각에 한껏 기대감이 커졌다. 게다가 실내 취침까지 하기로 했으니, 어서 따뜻한 호텔에서 재충전을 해야겠다는 생각에 더욱 설레는 마음을 안고 도심으로 접어들었다.

'어서 따뜻한 물로 목욕도 하고, 폭신한 거위 털 이불속으로 쏙 들어가야지.'

퀸스타운은 빅토리아 여왕이 살기 좋은 곳이라 칭했다 하여 '여왕의 도시'라고 불리는 아름다운 곳이었다. 사실 아름다운 풍경보다 먼저 다가온 첫인상은 레저스포츠 천국이라는 것이었다. 도시 전체가 스키장인지 헷갈릴 정도로 길을 걷는 사람의 절반 이상이 스키복을 입고 있었다. 우리가 방문했던 6월 말은 퀸스타운의 스키&스노보드 베스트 시즌으로, 일반 뉴질랜드 여행으로는 비수기에 해당하지만 겨울 스포츠를 즐기는 데에는 최고 성수기였다.

퀸스타운으로 가는 길 위에서 열심히 숙소를 검색했다. 내 몸이 피곤해서인지 사진 속 숙소들 모두 당장 들어가 눕고 싶을 정도로 멋지고 포근해 보였다. 관광객이 많은 도시인만큼 엄청나게 많은 숙소들이 앞다퉈 가며 자랑거리들을 뽐내고 있었다. 나의 냉철한 분석에 따르면 전반적으로 넓고 깨끗한 호텔은 외곽에 있었고, 저렴한 호스텔들은 번화가 근처에 분포해 있었다. 나는 하루라도 운전을 멈추고 싶다는 바람으로 번화가 내에 있는 숙소로 범위를 좁혔고, 가격 대비 근사해 보이는 곳을 찾아 예약하였다. 마치 명동 중심가의 한가운데 자리한 것과 다를 바 없는 최고의 위치인 데다 사진 속 시설도 아주 좋아 보였다. 게다가 가격까지 저렴하니 더 고민할 게 없었다. 나는 이미 뉴질랜드인에 대한 신뢰감이 100% 가득 차 있었으므로 전혀 의심하지 않고 바로 예약을 해버린 것이다. 그때까지는 미처 몰랐다. 위치만 좋은 숙소라는 것을 말이다.

퀸스타운 시내로 들어서 사진 속의 근사한 건물과 간판을 찾았다. 아무리 찾아도 보이지 않아 퀸스타운 시내의 오르막 내리막을 몇 번이나 오가던 우리 눈에 낡고 초라한 간판이 포착되었다. 눈을 의심했다. 사진 속의 화려한 간판은커녕 갓 알파벳을 배우기 시작한 초등학생이 쓴 것 같은 삐뚤빼뚤 글씨의 허술한 간판이 등장했다. 간판 뒤로는 그보다 열 배는 더 허술해 보이는 작은 집이 허름하기 그지없는 조화를 이루고 있었다.

엎친 데 덮친 격으로 주차 공간도 따로 없었다. 번화가 한복판에서 대형 캠퍼밴을 주차할 만한 넓은 공간을 찾기란 쉬운 일이 아니었다. 결국 또다시 퀸스타운 도심을 몇 바퀴 돌던 우리는, 숙소 측면 골목길에 아주 어렵게 캠퍼밴을 세웠다. 조금이라도 숙소 건물을 건드렸다가는 바로 폭삭하고 주저앉을 것 같아 역주행했을 때보다 더 긴장을 하며 주차를 했던 것 같다.

'아니야, 뉴질랜드가 나에게 이럴 수는 없어. 내부는 좋을 거야.'

자기 최면을 걸며 집 안으로 들어섰다. 보안적 측면과 미학적 측면에서 하등 쓸모가 없는 낮고 낡은 나무문이 삐거덕하고 열리자, 자그마한 마당이 등장했다. 푸릇푸릇한 텃밭이라던가 낭만적인 야외 테이블이 놓인 테라스 따위는 절대 떠올릴 수 없는 완벽한 음지 공터 그 자체였다.

현관문을 찾아 집 안으로 입장했다. 뉴질랜드의 따스한 햇살이 이 집에만 차단된 것인지, 빛 한줄기 들지 않는 어둡고 축축한 공기가 느껴졌다. 우리가 묵을 침실부터 찾아 문을 열었더니 작고 낡은 침대와 더 작고 낡은 서랍장 하나가 덩그러니 놓여 있었다. 마당과 거실보다 훨씬 더 오랫동안, 아니 태초부터 빛이 든 적이 없는 것 같은 낡고 추운 공간이었다.

'세상에 믿을 놈 하나 없구나.'

나는 뉴질랜드인들을 넘어 전 인류에 대한 실망감으로 몸서리쳤다. 사진 속의 포근한 침실은 어디로 간 것인가? 더 이상 방에 머물고 싶지 않아 거실로 걸음을 옮겼다. 음식 냄새를 풍긴 지 100년쯤 되었을 것 같은 주방과, 주방보다 더욱 오래 방치되었을 것 같은 스산한 거실, 창밖으로는 금방이라도 좀비가 뛰어나올 것 같은 마당이 펼쳐졌다. 마당은 너무 과분한 표현이고, 반세기 정도 버려져 있던 창고라고 정정하는 것이 더 정확하겠다. 나는 너무 큰 실망감에 표정을 관리할 수가 없었고, 그냥 캠퍼밴으로 돌아가고 싶을 지경이었다. 캠퍼밴은 적어도 이렇게 어두컴컴하거나 무섭지는 않으니 말이다.

숙소 예약을 담당했던 나는 연신 사진 속 숙소와 현실의 숙소를 비교하며 불평불만을 토해냈다. 포근하고 따뜻한 호텔에서의 휴식을 크게 기대했던 만큼 실망도 컸다. 결국 성악설이 맞는 거라고, 이익 앞에서는 그 누구도 정직할 수 없다고 독설을 뱉어냈다. 그렇게 폭발적으로 차올랐던 인류애를 깎아 내려가다 문득, 숙소를 잘못 예약한 나 때문에 남편도 함께 어려운 상황에 놓였다는 것을 깨달았다. 그가 한 마디 불평도 하지 않고 그저 나의 전 인류적 불평불만을 견뎌주고 있다는 것 또한 뒤늦게 깨달았다. 부끄러움에 얼굴이 뜨거워졌다.

"이 숙소를 예약한 사람이 나인데, 너무 불평해서 미안해."

그리고 부끄러워서 입 밖으로 내지는 못했지만 마음속으로 한 문장을 더 전했다.

'왜 이런 숙소를 예약해서 오래간만에 쉴 기회를 앗아가느냐며 나를 탓하지 않고, 그저 토닥이며 달래줘서 고마워. 착한 양반.'

#17.

퍼그버거에서
깨달은
사랑의 언어

뉴질랜드 캠핑카 여행기

숙소의 충격과 공포를 씻어내기 위해 서둘러 퀸스타운 시내로 이동했다. 정말 앞구르기 한 번이면 중심지로 나갈 수 있는 최고의 위치이긴 했다. 겨울 액티비티의 거점답게 정말 많은 사람들이 들뜬 표정으로 스키복을 입고 오가고 있었다. 배꼽시계는 어찌나 정확한지, 충격과 공포 속에서도 은근히 허기가 졌던 우리는 미리 검색해 둔 퀸스타운 퍼그버거(Ferg burger)로 향했다.

퍼그버거는 퀸스타운 최고 인기 식당 중 하나로, 이미 내부는 인산인해를 이루고 있었다. 줄을 서거나 테이블 안내를 받는 것 같은 질서는 전혀 없는 상태로, 자율적인 패스트푸드점 혹은 펍의 느낌이었다. K아주머니의 날카로운 분석력으로 식사가 막바지에 접어든 테이블을 물색한 후 티 나지 않게 슬쩍 근처에 섰다.

열심히 메뉴를 고르는 것 같은 연기를 펼쳤지만 모든 신경은 마지막 한 입을 남긴 두 사람에 가 있었다. 나의 타깃들은 예측대로 금세 식사를 마치고 자리를 떴다. 우리는 가방을 던지는 치열한 접전을 펼칠 필요 없이 아주 좋은 자리에 앉을 수 있었다.

"이제 주문을 해볼까?"

메뉴판이 전공 서적처럼 **빽빽**했다. 버거학 박사과정이 생긴다면 가장 먼저 이곳 사장님부터 초빙교수로 모셔야 할 것이라는 쓸데없는 상상과 함께 메뉴를 살펴보았다. 메뉴 개발에 꽤나 심혈을 기울였을 법한 다양한 버거의 그림과 함께 성의 있는 설명이 쓰여 있었다. 어느 집이나 우선 기본부터 먹어봐야 한다는 나와 달리 끝끝내 세심하게 메뉴를 정독한 후 하나를 고르는 남편의 모습이 재미있었다. 참, 달라도 많이 다른 양반.

남편은 디럭스 버거, 나는 기본 버거, 감자튀김과 맥주 두 잔을 주문했다. 오래 지나지 않아 음식이 나왔고, 버거와 감자튀김의 양이 상당했다. 언젠가는 꼭 미슐랭 심사위원이 되고 싶다는 꿈을 갖고 있는 나는 우선 버거의 반을 잘라 단면을 살펴보았다. 예상대로 기본에 아주 충실한 구성이었다. 검색에 따르면 사슴고기와 야채가 듬뿍 들어 있는 버거라고 했다. 좌우지간에 맛도 양도 아주 흡족하였다.

인상 깊었던 점은 감자튀김을 찍어 먹는 소스였다. 케첩에 익숙한 우리는 감자튀김과 함께 나온 하얀 소스를 보고 호기심이 발동했는데, 점원에게 물어보니 Aioli 소스라고 했다. 반신반의하며 감자튀김을 하나 집어 푹 찍어 먹어보니 케첩보다 훨씬 더 조화로운 맛을 냈다. 우리는 이 맛있는 소스를 이제까지 몰랐던 것을 슬퍼하며, 천편일률적으로 케첩만 찍어 먹었던 지난날을 한탄했다. 부지런히 검색을 해보니 Aioli 소스는

뉴질랜드의 음식점에 가면 흔히 볼 수 있고 한국에서도 어렵지 않게 찾아볼 수 있는 소스였다. 그래, 앞으로는 이걸로 정했다.

한 가지 의외였던 점은 통이 큰 서양인들이니 맥주도 큰 잔에 나올 것이라 예상했는데, 고작 300㎖ 정도 되는 잔에 아주 감질나는 양의 맥주가 제공되었다는 것이다. 특히, 양이 아주 많았던 음식(안주)에 비하면 새 발의 피 수준이었다. 배도 고프고 목이 말랐던 나는 단숨에 원샷을 해버렸다. 하마처럼 맥주를 잘 마시는 남편도 감질난다며 한 모금씩 맥주를 아껴먹는 것이 느껴졌다. 나는 맥주를 더 주문하고 싶었지만, 계산대 앞에는 이미 수많은 인파가 규칙 없이 겹쳐 서서 주문을 기다리고 있었다. 게다가 대다수가 스키복을 입어서인지 덩치가 커도 너무 컸다. 다시 한 번 나의 냉철한 분석에 따르면, 내가 주문 대열에 합류했다가는 오늘내로 맥주를 받을 수 없을 것으로 예상되었다. 고로 추가 주문을 포기하고 꾸역꾸역 마른입으로 버거를 먹고 있었다.

"내 맥주 마시면서 먹어."

맥주를 다 마셔버린 내가 목말라하는 것이 느껴졌는지, 남편은 그 귀하디귀한 맥주를 건네주며 마시라 하였다. 게리 채프먼의 책 『5가지 사랑의 언어』에서 말하기를 봉사, 스킨십, 인정, 시간, 선물이 사랑을 표현하는 다섯 가지 방법이라 하였는데, 나는 동의하지 않는다. 배고플 때(혹은 목마를 때) 음식을(맥주를) 양보하는 것이 최고의 사랑 표현이라는 것을 퀸스타운 퍼그버거에서 깨달았다.

짧지 않은 연애의 기간 동안 보여준 남편의 모습은 늘 배려가 많은 사람이었다. 가장 사소하지만 가장 예민할 수 있는 음식을 예로 들어볼까? 내가 햄버거를 한 입만 달라고 하면, 그는 요리조리 돌려가며 가장 재료가 풍성하고 먹음직스럽게 겹쳐진 쪽을 내밀곤 했다. 밥 한 공기를 건네줄 때도 더 소복하고 예쁜 것을 내게 내미는 사람이었다. 반면, 배려보다는 자기애가 월등히 많은 나는 그의 희생과 배려 속에서 더없이 해맑게 행복해했다. 그러다 깨달은 것은, 상대의 배려가 거듭되면 그를 통해 내 안의 배려도 무럭무럭 자라난다는 것이었다. 나를 위해주는 만큼 나도 그를 위하게 되는 선순환이 어느 순간 마법처럼 시작되었다. 내가 당장 좋은 것보다 상대가 좋아하는 모습을 보는 것이 더 행복해지는 마법이 내게도 시작된 것이다. 어쩌면 이런 선한 마음의 순환이 그와 평생을 함께 해도 좋겠다는 확신으로 변했던 건 아닐까 싶다. 나와 함께하는 그가 좋았고, 그와 함께 있을 때의 내 모습이 참 좋아서 말이다.(역시 아직도 자기애가 더 많은 것 같다.)

#18.

퀸스타운,
뒤도
돌아보지 말고
떠나자

뉴질랜드 캠핑카 여행기

배를 채우고 나오니 어느덧 어둠이 내려 있었다. 퀸스타운 중심에는 작은 시계탑 클락타워가 있었고, 타워 1층에는 어김없이 i-Site가 있었다. 그리고 i-Site 주변으로 다양한 액티비티를 광고하는 레포츠 숍들이 줄지어 관광객들을 유혹하고 있었다. 숙소의 어두움을 보상받겠다는 듯이 가장 밝은 가게를 찾아 들어갔다. 래프팅, 번지점프 등 온갖 액티비티들을 광고하는 수십 개의 팸플릿들이 진열되어 있었다. 눈을 끄는 프로그램 몇 가지를 점원에게 문의하니, 겨울 스포츠를 제외한 많은 프로그램들이 운영 중지 상태라고 했다. 오랜 운전과 캠핑으로 삭신이 쑤시고 피곤했던 우리는 그다지 액티비티를 즐기고 싶은 마음이 없었기에 큰 아쉬움 없이 발길을 돌렸다. 퀸스타운에 오면 그저 따뜻하고 좋은 숙소에서 휴식을 취하고 싶었을 뿐이었다. 그 귀한 쉼의 시간을 귀신 나올 것 같은 숙소를 잡는 바람에 망쳐버린 것 같아 남편에게 미안하고 기분이 영 별로였다.

애써 마음을 달래며 걷다 보니 와카티푸 호수(Lake Wakatipu)가 나왔다. 귀엽고 오동통한 갈매기들이 아픈 내 마음을 달래 주듯이 마중 나와 있었다. 데카포나 푸카키와 비교한다면 좀 더 바다 같은 느낌이 드는 깊고 검푸른 호수였다. 이곳 역시 설산이 병풍처럼 둘러 절경을 이루었다. 하지만 내 마음에 낀 먹구름이 많아서일까, 깊은 감동이 스며들 공간이 없었다.

어스름 어둠이 내린 시각이었음에도 새들이 연신 짹짹이니 동트기 전 새벽과 같은 느낌이 들었다. 스키복 차림의 사람들만큼이나 많은 새들이 강변을 즐기고 있었다. 어떤 것이 갈매기이고 어떤 것이 오리인지 헷갈리는 혼돈 속에서도 호수는 고요하게 반짝였고, 나는 가라앉은 기분을 달래려 부단히 노력하였다.

호숫가를 한 바퀴 돌아 나오니 다시 시내였다. 간단한 주전부리라도 사서 먹자며 중심가 초입의 슈퍼마켓으로 향했다. 점점 번화해지는 거리를 걷다 작은 간판 하나를 발견했다. 주류 판매점이었다. 우리는 눈빛을 교환한 후 원래 이곳이 목적지였다는 듯 망설임 없이 문을 열고 입장했다. 종류별로 정리가 되어 있는 형형색색의 병들을 보니, 기분이 좋아지는 것만 같았다. 한참을 구경하다 남편은 맥주 6병 번들 하나를, 나는 와인 한 병을 샀다. 모두 뉴질랜드산이었다. 포근하지는 않지만 그래도 나름 실내 숙소인 그곳에 가서 마셔야겠다고 생각하니 나름대로 위안이 되었다.

숙소로 향하는 길은 내 마음처럼 힘든 오르막이었고, 짙은 어둠이 내려 있었다. 하지만 인간은 역시 망각의 동물인 것인가? 그렇게 열정적으로 불평을 했지만, 술 한 병에 불만 사항들을 기억의 뒤편으로 밀어냈다. 심지어 실내 샤워 후 와인을 한잔할 생각에 가늘게 설레기까지 했다. 숙소에 도착하자마자 잠옷을 챙겨 욕실로 향했다. 분명히 욕실 방향으로 왔는데, 실외로 출입하는 커다란 문이 등장했다. 용기를 내어 문을 열고 나가보니, 용도를 알 수 없는 창고 같은 너저분한 공간에 캠퍼밴 욕실과 비슷한 크기의 간이 샤워부스가 설치되어 있었다. 뉴질랜드에 온 이래 처음으로 영어 욕이 튀어나왔다.

'진정 하늘의 장난인가?'

게다가 창고 주변은 딱 3초 후 좀비가 습격할 것 같은 풍경이었다. 좀비 영화로 치면 이미 바이러스가 퍼져 멸망해버린 지구의 모습이랄까. 설상가상으로 시베리아 벌판보다 강한 바람이 들이쳐 잠깐 서 있었는데도 아랫니가 덜덜 떨리도록 추웠다. 마지막 희망까지 잔인하게 짓밟힌 순간 나는 너무 큰 실망감에 눈물이 나올 것만 같았다. 어차피 넓지도 깨끗하지도 않을 거면, 그나마 무서움이라도 없도록 캠퍼밴에 가서 씻을까 한참을 고민했다. 그러다 내가 더 실망한 얼굴로 나타나면 남편은 얼마나 더 속상할까 싶어 용기를 내보기로 했다.

'그래, 저 문을 열고 좀비 세상에 발도 들였는데, 더 무서울 것이 무엇이더냐?'

아직 남아 있나 싶은 희망과 용기를 짜내어 무서운 샤워부스 문을 열고 한쪽 발을 들이밀었다.

'물은 제대로 나오는 걸까?'

수도꼭지를 돌렸더니 작은 샤워기가 터질 듯 펄펄 끓는 따뜻한 물이 쏟아져 나왔다. 어린아이 오줌 줄기보다 약한 캠퍼밴의 수압과는 감히 비교할 수 없는 폭포수였다. 나는 불평을 금세 잊고 따뜻한 물을 원 없이 맞으며 한참이나 샤워를 즐겼다. 뜨거운 물의 온기로 좀 전의 시베리아 같던 바람의 한기를 씻어내고, 며칠간의 피로도 깨끗하게 흘려보냈다. 좀비고 귀신이고, 쏟아지는 온수가 주는 행복을 막을 수는 없었다. 언제 우울했냐는 듯이 기분이 좋아진 나는, 방으로 돌아와 남편에게 호러 샤워부스에 대한 격찬을 늘어놓았다. 롤러코스터보다 변화무쌍한 내 기분을 맞추느라 하루 종일 고생한 남편도 기대 가득한 얼굴로 호러 샤워부스 여정을 떠났다. 오랫동안 따뜻한 사워를 즐기고 방으로 돌아온 그는 나의 극찬에 격하게 동의하며 엄지를 추켜올렸다.

기분이 좋아진 우리는 각자 기호에 맞는 술을 한잔씩 따르고 침대에 길게 기대어 앉아 뉴질랜드의 풍경을 담은 영화 〈반지의 제왕〉을 정주행하기 시작했다. 태블릿에 영화를 담아 왔는데, 거치할 곳이 마땅치 않았다. 방 안에 낡은 침대와 더 낡은 서랍장뿐이니 거치할 곳이 있을 리 없었다. 결국 번갈아 가며 손으로 잡고 영화를 시청하기로 했다. 무거운 태블릿을 들어 올려가며 영화를 보는데, 러닝타임이 어찌나 긴지 점점 어깨가 쑤시고 팔이 저려 극기 훈련이 따로 없었다. 그럼에도 불구하고 워낙 몰입도 있는 영화였기에 인간 거치대 역할을 교대해 가며 1편을 시청을 완료하였다. 내일은 2편을 보자며 잠자리에 드니 급격히 한기가 느껴져 방 한편에 놓인 앙증맞은 온풍기를 틀었다. 그런데 이놈의 온풍기가 얼마 지나지 않아 꺼져버렸다. 다시 켜도 30분이 채 지나지 않아 자동으로 꺼져버렸다. 지난 마운트쿡 숙소에서부터 온풍기와의 악연이 시작된 것일까? 뉴질랜드에서는 온풍기를 호락호락 틀 수 없다는 법이라도 있는 것인지 여간 성가신 것이 아니었다. 주인에게 연락하기는 너무 늦은 시간이었고, 연락을 한다고 해도 딱히 상황이 좋아질 것이라는 기대도 되지 않았다. 이 추운 밤을 어떻게 보내야할지 걱정이 밀려왔다. 결국 우리는 모든 것을 포기한 채 바들바들 떨며 다소 찝찝한 이불속으로 파고들었고, 나는 그날 밤 온풍기를 켜는 꿈을 수도 없이 꾸었다.

다음 날 아침, 눈을 뜨자마자 냉동고에 자는 꿈을 꾸고 있는 건지 잠시 헷갈렸다. 억지로 무거운 눈꺼풀을 들어 올렸다. 한기가 잔뜩 밴 몸은 잠을 자기 전보다 더 찌뿌둥하고 무거웠다. 빨리 이 방에서 나가는 편이 좋겠다는 생각에 급히 몸을 일으켰다. 나무늘보 남편도 나와 같은 생각을 했는지 잽싸게 일어나 나갈 준비를 했다. 캠퍼밴이 그리웠다. 괜히 애꿎은 천장을 한 번 째려보고는 밖으로 나가기 위해 방문을 여는데 문고리가 헛돌았다. 아무리 돌려도 팽팽 겉돌기만 할 뿐 걸림쇠를 제거하는 묵직한 느낌이 들지 않았다. 도대체 이 숙소의 끝은 어디인가? 꼼짝없이 감금이 된 우리는 발을 동동 구르다 다소 높이 뚫린 창으로 탈출을 도모하기 시작했다. 마음속으로 몇 번의 시뮬레이션을 완료한 후 곧장 실행에 옮겼다. 남편이 스파이더맨처럼 벽을 기어올라 높이 난 창으로 먼저 탈출하였다. 이때 가뜩이나 크롬웰에서 산 멘소래담으로 근근이 버티던 그의 경추에 큰 충격이 가해졌다. 남편은 다칠 수도 있겠다며 내게 방 안에서 기다리라고 했고, 나는 아침임에도 어두컴컴한 방 안에서 혼자 한참을 기다렸다. 남편은 건물을 돌아 현관문을 통해 거실로 들어온 후 바깥쪽에서 방문을 열어주었다. 우리는 끝까지 모욕감을 준 이 숙소를 향해 우리말과 영어를 섞어 걸쭉하게 욕을 퍼부어 주고는 길을 떠났다. 아무도 듣지 못한 소심한 복수지만 괜히 속이 시원해지는 것만 같았다. 정말 고되고 공포스러웠던 퀸스타운의 하룻밤이었다.

#19.

알렉산드라,

은퇴 후
살고 싶은
곳

뉴질랜드 캠핑카 여행기

애증의 퀸스타운을 떠나는 길, 언제 다시 대형 슈퍼마켓을 만날지 모른다는 생각에 카운트다운에 들렀다. 카운트다운은 여행 첫날 크라이스트처치에서도 들렀던 대형 슈퍼마켓 체인이다. 드넓은 주차장에 들어서니, 흡사 MT 철을 맞은 대성리 느낌이 든다. 대성리 초입에 들어서면 대형 슈퍼마켓들이 줄지어 대학 새내기들을 유혹하고 있었다. 일명 MT 만물상이라고 불러도 손색이 없을 정도로 고기부터 일회용품까지 MT에 필요한 모든 물품을 취급했다. 과잠(과별 단체 점퍼)이나 과티(과별 단체 티셔츠)를 입은 학생들이 설레는 얼굴로 술과 고기, 쌈장, 상추, 즉석 밥들을 쓸어 담던 광경이 떠올라 남편과 잠시 추억의 수다를 떨었다. 주차장에는 한껏 들뜬 스키어들이 MT 온 대학생들만큼이나 설레는 표정으로 마트에 입장하고 있었다. 우리도 서둘러 캠퍼밴 전용 구역에 주차를 하고, 캠퍼밴 내에 있는 몇몇 쓰레기들을 들고 차에서 내렸다. 대형마트의 대형 쓰레기통에 버려야겠다는 심산이었는데, 나와 같이 생각한 캠핑족들이 많았던 걸까? 쓰레기통 위에 '캠퍼밴 쓰레기 버리지 마시오!'라고 크게 쓰여 있었다. 나는 준법정신이 투철한 모범시민으로서 평소 같으면 얼른 쓰레기를 다시 캠퍼밴에 가져다 놓겠지만, 애증의 퀸스타운 명령 따위에 굴복하고 싶지 않았다.

'흥, 이거라도 버려야 속이 시원하겠다. 에라잇!'

시원하게 쓰레기를 투척하고 돌아서 마트로 향하는데, 누가 뒤통수를 잡아당기는 것 같았다. 나쁜 짓 하고 못 산다는 말이 이럴 때 하는 말인가 보다. 다행히도 버릴 것들이 얼마 되지 않아 그나마 마음이 덜 불편했다면 소심한 걸까.

마트 안은 크라이스트처치에서 봤던 모습과 거의 유사했다. 지난번 장보기를 통해 이미 동상이몽 사태를 겪었으므로, 우리는 평화로운 식량 충전을 위해 대충 동선을 파악한 후 재빠르게 필요한 물건들을 담았다. 보기만 해도 신선함이 느껴지는 사과와 귤을 시작으로 피자, 빵, 패티, 치즈, 케첩, 고기, 샐러드, 마운틴듀, 초코우유, 그리고 당장 먹고 싶은 나의 초콜릿케이크와 남편의 감자칩을 마지막으로 담았다. 누가 우리 카트를 봤다면 아직 일정이 한 달 이상 남았을 거라고 추측했을 것이다. 거하게 담긴 카트의 물품들을 계산하고 나와 캠퍼밴으로 옮겼다. 냉장고와 식량창고를 가득 채우니 기분이 조금 좋아지는 것 같았다. 때를 놓치지 않고 초코케이크를 꺼냈다. 달콤한 케이크의 위력으로 퀸스타운의 배신 따위는 금세 잊은 듯 한결 더 기분이 좋아졌다. 놀랍도록 단순하고도 변화무쌍한 기분 패턴에 내 자신도 놀라울 지경이었다.

퀸스타운, 이제 진짜로 안녕이다!

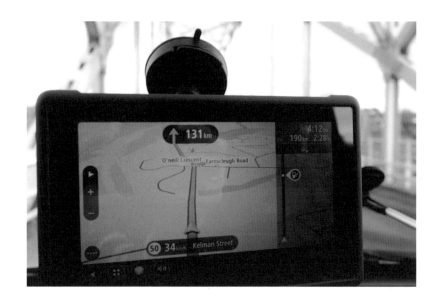

우리는 다음 목적지인 더니든(Dunedin)을 내비게이션에 입력했다. 직진 131km를 명령하는 화면이 등장해서 남편과 함께 피식 웃었다. 한국 가면 볼 수 없는 직선거리이니 한 컷이라도 저장하자는 의미에서 셔터를 눌렀다.

"자 이제 출발!"

"남편, 캠퍼밴에 식량을 가득 채우고 길을 나서니 안 먹어도 배부르다는 말이 무엇인지 실감 난다. 그렇지?"

"자기 아까 산 초콜릿케이크를 게 눈 감추듯이 먹었잖아."

"그것은 배를 채우기 위한 것이 아니라 당 충전을 위한 것이었으므로 식사는 아니지."

나의 이상한 논리에 남편은 갸우뚱했지만, 많은 사람들이 내 의견에 공감할 것이라며 빡빡 우겨서 나는 아직 공복인 것으로 흡족한 결론을 내렸다.

퀸스타운에서 멀어질수록 변화무쌍하게 창밖 풍경이 변했다. 그 다채로움에 홀려 우리는 대화를 멈추고 창밖을 바라보며 끝없이 이어진 길을 따라 달렸다. 와카티푸 호수에서 봤던 설산이 쉬지 않고 우리를 따라왔고, 그 앞으로는 푸르고 붉고 노란 풍경이 지루하지 않게 번갈아 가며 등장했다가 사라지기를 반복했다.

그러다 갑자기 길이 구불구불해지더니 급격한 오르막이 나타났다. 걷기에도 힘들 것 같은 경사의 오르막을 따라가다 보니 아마도 정상지점으로 추정되는 곳이 보였다. 정상을 넘자마자 길은 가파른 내리막으로 변화무쌍하게 얼굴을 바꾸었다. 어찌나 길이 아슬아슬한지 여간 위험한 것이 아니었다. 문득 정신 차려보니 주변 경관이 빼어났지만, 지금은 그걸 즐길 때가 아니었다. 큰 차를 몰고 구불구불한 비탈을 오르내리자니 손에 절로 힘이 들어갔다. 산길을 거의 벗어났을 때, 이 근방에는 너무 위험해서 캠퍼밴 보험으로 적용되지 않는 구간이 있으니 주의하라던 캠퍼밴 회사 직원의 당부가 떠올랐다. 우리는 방금 지난 곳이 바로 그 비보험 구간이라고 확신했다. 무탈히 잘 지나와서 정말 다행이다. 그리고 다 지나온 후에 비보험 구간임을 알게 되어 더욱 다행이다. 미리 알았다면 초입부터 한껏 겁을 집어먹고 지구 자전 속도로 산길을 빠져나오다 뒤차들로부터 눈치 세례를 받았을지도 모를 일이다.

곡예 운전 구간을 벗어나니 어제 우리가 들렀던 크롬웰이 나왔다. 말끔한 화장실에 한 번 더 들렀다 갈까 고민했지만, 갈 길이 멀기에 그냥 지나쳐 계속 달렸다. 역시나 길에는 사람이 전혀 보이지 않았다. 간간이 양들이 풀을 뜯는 모습만이 이 땅에 생명이 존재하고 있음을 상기시켜 주었다. 지나치게 고요한 대지를 우리 캠퍼밴이 가로지르는 소리뿐이었고, 그런 풍경에 조금은 무료해질 즈음 멀리 마을이 보였다.

"와, 사람이다!"

우리는 반가운 마음에 차를 멈추었다. 이곳은 알렉산드라(Alexandra)라는 작은 도시였고, 크롬웰처럼 예정에 없이 들렀지만 가장 기억에 남는 곳 중 하나가 되었다.

도시는 평화롭고 풍요로운 느낌이었고, 나는 이곳에 머무르는 내내 나중에 은퇴하면 이런 도시에 살고 싶다고 말했다. 마을을 한 바퀴 돌아보니 작은 도시지만 학교, 극장, 박물관 등 있을 것은 다 있었다. 사람을 거의 만나지 못한 걸 보니, 있을 것은 다 있는데 사람만 없나 싶기도 했다. 그만큼 한산하고, 왠지 시간이 느리게 갈 것 같은 마을이었다.

여유로운 도시 분위기에 맞추어 천천히 걸음걸음을 옮기다 보니 이 작은 마을의 시그니처인 Historical Bridge가 나타났다. 포털에서 뉴질랜드 알렉산드라를 검색했을 때 가장 처음 등장했던 사진 속 그 장면이 눈앞에 펼쳐졌다. 이 마을의 전반적인 느낌처럼 이곳도 사실 대단히 화려하거나 특별한 것은 없었다. 그런데도 그냥 편안하고 좋았다. 한참을 벤치에 앉아 느리게 흐르는 강과 그 위로 소박하지만 단단하게 자리 잡은 다리를 바라보며 휴식다운 휴식을 취했다. 따뜻한 햇살과 상쾌한 공기, 사랑하는 사람과 함께하는 여유로운 순간은 행복이 무엇인지 느끼기에 충분했다.

길을 떠나기 전에 허기를 달래야겠다 싶어 마을에 자그맣게 자리한 KFC에 들어갔다. 다른 마땅한 식당이 보이지도 않았을 뿐더러, 남편이 버거를 너무너무 사랑하는 관계로 주저 없이 한국에도 지천으로 있는 KFC에 간 것이다. 하지만 익숙하지만은 않았던 것이, 멀리 설산을 바라

보며 징거버거를 먹는 것은 퍽이나 이국적이었다. 오늘 우리의 최종 목적지인 더니든까지는 190km 남은 상황이었다. 때는 이미 늦은 오후라 서둘러 출발하였다.

#20.

어서와 샘,
프로도
노 젓는다

뉴질랜드 캠핑카 여행기

더니든으로 가는 길, 눈앞에 또다시 비현실적인 풍경이 펼쳐졌다. 하늘이 너무 신비로워서 길 끝에는 다른 차원의 세계가 펼쳐질 것만 같았다.

"닥터 스트레인지가 나타난 것 같아."

비현실적인 풍경 덕에 아무 말 대잔치를 하며 도로 위를 미끄러져 갔다. 131km 직진을 완료하여 방향을 바꾼 후 또 수십 km를 직진해야 했다. 퀸스타운의 카운트다운에서 대성리 추억여행으로 시작한 수다는 앞으로 어떻게 살아야 할지, 은퇴 후에는 어떤 삶을 살고 싶은지 인생 전체를 미리 보듯 훑어갔다.

그러는 사이 창밖의 자연도 우리 인생만큼이나 다채로운 빛깔로 변해 갔다. 가끔씩은 어떤 하나의 색깔로 형용하기 힘든 자연의 색을 드러내기도 했다. 멀리 하얀 설산, 그 앞에는 이끼로 뒤덮인 것만 같은 초록의 바위산, 그리고 더 가까이에는 붉은색으로 물든 나무가 독특한 조화를 이루었다. 뉴질랜드 땅을 우리 인생에 비유한다면, 20대 초반의 젊은이일 것 같다고 생각했다. 변화무쌍한 혼란과 격동의 시기, 하지만 무한한 가능성을 가진 십 년 전쯤의 우리와 닮아 있었다.

점점 날이 저물기 시작했다. 사람 한 명, 불빛 한 점 없는 편도 1차로의 아슬아슬한 길을 꽤 속력을 내어 달리고 있었다. 강렬한 상향등을 켜고 한 치 앞이 보이지 않는 길에 몸을 맡겼다. 예전에도 그랬듯 앞차가 느리면 답답하고, 뒤차가 빠르면 괜히 쫓기는 것 같아 손에 땀이 났다. 그렇게 몇 시간을 달렸을까, 대도시인 더니든이 가까워지자 갑자기 우측으로 차선이 하나 더 생겨났다.

진퇴양난의 편도 1차로만 달리다 차선 하나가 더 생기니 왕복 12차선 대로를 달리는 듯 한결 여유가 느껴졌다. 느린 앞차는 추월할 수 있고, 빠른 뒤차는 먼저 보낼 수 있다는 것이 이렇게 마음의 큰 평화를 가져다 줄 것이라고 예전에는 미처 생각지 못했다.

더니든에 진입하자 흐릿한 불빛이 보이기 시작했다.

"와, 사람이다!"

가장 먼저 보인 불빛의 정체는 Wendy's를 선두로 한 패스트푸드점의 간판들이었다. 남편의 사랑인 맥도널드도 보였다. 더니든은 스코틀랜드 출신의 이민자들이 개척한 도시라서 유럽의 정취가 많이 풍긴다고 들었는데, 도시 초입만 보면 영락없이 미국의 도시 느낌이었다. 길옆의 간판들이 많아지자 길 또한 점점 밝아졌다. 드디어 고된 야간 운전의 끝이 보이는구나! 목표지로 찍어 둔 더니든 홀리데이파크까지의 거리가 얼마 남지 않았음을 확인하고 안도했다.

더니든 홀리데이파크는 하루 묵는 데에 40불이었다. 예상보다 도착시간이 늦었던지라 우리는 빨리 주차를 하고 캠퍼밴에 전기를 연결했다. 이미 저녁 시간을 훌쩍 넘긴 터라 캠퍼밴 주방에서 요리부터 시작했다. 의도는 고추장 파스타였지만 결과물은 쫄볶이가 되어 버린 정체불명의 음식을 만들었다. 영 시원치 않은 맛이었지만 워낙 배가 고팠던 데다, 오랜만에 고추장의 칼칼한 맛이 느껴지니 생각보다 혀에 착착 감겼다.

남편은 긴 운전이 피곤했는데 무사히 도착해서 다행이라며, 쫄볶이를 안주 삼아 무려 640ml짜리 소주 한 병을 급히 비웠다. 2차로는 7.2도짜리 뉴질랜드 맥주 두 병도 깨끗하게 비웠다. 반면 나는 너무 피곤하다며 술을 마시지 않는 기적적인 행태를 보였다. 그리하여 처음으로 혼자 술에 취한 남편을 관찰할 수 있었다.

우리는 공포와 충격의 퀸스타운 숙소에서 못다 본 〈반지의 제왕〉을 보기 시작했다. 취한 남편의 집중력은 30분마다 흐트러졌지만, 나는 영화 속으로 빨려 들어간 지 오래였다. 화면 속에서는 반지를 운반하려고 모인 최정예 반지 원정대의 이야기가 흐르고 있었다.

반지의 사악한 기운에 홀린 원정대원들이 서로 그것을 가지려 욕심을 내자, 프로도는 그들로부터 반지를 지키기 위해 위험을 무릅쓰고 혼자 몰래 떠나는 장면이었다. 프로도와 함께하겠다고 고향을 떠나 반지 원정대에 합류한 샘은 프로도의 계획을 눈치 채고 고집스럽게 따라나섰다. 프로도는 샘에게 매몰차게 따라오지 말라고 소리치며 강가에 배를 띄워 홀로 떠나려 했다. 샘은 죽어도 같이 죽겠다는 각오로 프로도의 배를 따라왔고 물에 빠져 숨이 꼴깍 넘어가려던 순간 프로도가 손을 뻗어 그를 구한다. 그리고 샘의 마음에 감동하며 끌어안고 함께 길을 떠난다.

이 감동적인 장면을 보던 남편은 아까보다 훨씬 더 꼬여버린 혀로 떠듬떠듬 말했다.

"당신은 프로도처럼 당차게 당신의 길을 가요. 나는 언제나 샘처럼 당신의 곁을 지킬 거예요."

그리고 이 최후의 명언을 남긴 후 장렬히 전사했다. 처음에는 무슨 뚱딴지같은 소리냐며 흘려들었는데, 남편의 잠든 얼굴을 보며 그의 말(주정)을 되새겨 보니 영화보다 더 큰 감동이 밀려왔다. 그래, 당신은 가만히 있지 못하고 파닥파닥 거리는 내 곁을 우직한 샘처럼 지켜주는 사람이었지. 이제 우리는 한 배를 탔으니, 함께 노를 저으며 잘 살아봅시다.

잠든 남편 팔을 베개 삼아 좁은 캠퍼밴에 누워 요리조리 뒤척이며 혼자 〈반지의 제왕〉을 보다가 나도 모르게 스르르 잠이 들었다. 모험과 감동이 넘쳐나는 행복한 더니든의 밤이었다.

#21.

더니든 시티투어,

시간이
느리게 흐른
순간

뉴질랜드 캠핑카 여행기

한적한 더니든 홀리데이파크에서 맞는 첫 아침이 밝았다. 필요한 대부분의 것을 어렵지 않게 구할 수 있는 '대도시'가 주는 안정감 덕분인지 다른 어느 아침보다 편안한 마음으로 하루를 시작했다. 대자연을 찾아 먼 길을 떠나왔으면서, 도시에 와 안정감을 느끼다니 아이러니하지만 말이다.

어쨌든 오늘은 시작부터 기분이 좋았다. 바로 더니든 시내 구경하는 날이기 때문이다. 오랜만에 화장도 하고 치마도 입으니 신혼여행 중 처음으로 신혼여행 느낌이 났다. 캠퍼밴 안에서 생활하며 화장은 둘째 치고 고양이 세수로 간간이 꼬질함만 면하던 여러 아침이 떠올랐다. 무릎 나온 트레이닝복과 푸석한 얼굴로 지낸 지난 일주일은 신혼여행의 풋풋함을 담아내기엔 역부족이었다. 그래서인지 오랜만에 바른 빨간 입술에 괜히 설레고 기분이 좋았다.

"시내에 가자마자 스타벅스 커피 한잔 마시고 싶어!"

첨단과학의 도시 대전 태생인 내가 서울특별시 태생인 남편 번데기 앞에서 주름을 잡았다. 이런 느낌이라면 하루 더 묵어도 좋을 것 같다는 즉흥적인 판단으로 우리는 홀리데이파크 오피스에 가서 하루 더 묵겠다고 말했다. 직원은 알겠다며 돈은 나중에 내라고 했다. 우리는 역시 뉴질랜드 사람들은 사업에는 큰 뜻이 없는 듯한 인상을 준다고 키득거리며 길을 나섰다. 유난히 높고 푸른 하늘과 맑은 공기에 더욱 들뜬 기분으로 홀리데이파크 앞에 있는 시내버스 정류장으로 향했다.

우리가 탈 버스는 3번이었다. 정류장 기둥에는 요일별 버스 운행 일정이 적혀 있었다. 한국의 시내버스로 치면 배차간격은 상당히 큰 편이었는데, 다행히도 우리는 오래 지나지 않아 버스에 오를 수 있었다.

"역시 남이 운전해 주는 차가 최고다!!"

뉴질랜드 남섬 어디에서나 느낄 수 있는 한산함은 버스에서도 이어졌다. 우리 말고는 아무도 탑승하지 않는 버스를 타고 한적한 길을 달렸다.

"이 정도면 버스회사 적자 날까 걱정이다."
"버스회사 사장님도 사업에 큰 뜻이 없을 수도 있잖아. 돈은 나중에 내라고 하지 않은 게 어디야?"

우리는 다시 한 번 뉴질랜드의 여유로움을 주제로 농담을 주고받으며 키득거렸다. 버스는 한적하고 '사람 없는' 마을 곳곳을 지나 곧 시티센터에 우리를 내려 주었다.

시내의 중심에는 고풍스러운 시계탑이 있었다. 시계탑은 건물의 중앙에 우뚝 솟아 있었고, 건물의 1층에는 i-Site가 있었다. 우리는 약속이나 한 듯 i-Site로 향했다. 내부는 아주 한산했다. 오후였지만 우리가 첫 손님인 것 같은 느낌으로 모든 것이 전혀 흐트러짐 없이 정리되어 있었다. 열정적인 관광안내원은 오늘 드디어 손님이 등장했다며, 오늘의 발화량을 우리에게 다 채우겠다는 기세로 시계탑에 설명하기 시작했다. 도시의 중심이라는 것을 여실히 보여주는 규모와 세련된 디자인을 갖춘 이 시계탑 건물은… 시의회 소속이라고 했다. 아주 많은 정보를 쏟아냈던 것 같은데, 역시 부동산 전쟁이 뜨거운 한국 출신답게 부동산 정보에서만 귀가 열렸다.

더니든은 남섬에서 크라이스트처치 다음으로 큰 도시인 만큼 다양한 액티비티를 광고하고 있었다. 한참 팸플릿들을 보고 있는데 남편의 얼굴이 창백해지기 시작했다. 장 건강으로 둘째가라면 서러운 나와 달리 장트러블이 잦은 남편은 갑자기 화장실이 급하다며 매우 장시간 자리를 비웠다. 나는 이몽룡을 기다리는 성춘향처럼 기약 없는 남편을 기다리다 본의 아니게 더니든의 다양한 매력을 매우 깊이 학습하고 있었다. 나의 열정을 알아챈 관광안내원이 펭귄을 보러 가는 프로그램을 추천하며 다시 한 번 다가왔다. 나는 펭귄보다는 시티투어를 하고 싶다며 아주 친절하게 외교적으로 거절하였다. 그는 포기하지 않고 더니든 워킹투어를 추천하였는데, 1인당 35불이고 서너 군데 도시 명소를 가이드가 함께 다니며 설명해 주는 프로그램이라고 하였다. 특별한 편의가 제공되지 않는데 비하여 비용도 부담스럽고, 우리끼리 자유롭게 다니고 싶었던 나는 이 또한 거절하였다. 두 번째 거절에서는 조금 단호한 눈빛을 섞었더니, 그는 금세 포기하고 자기 자리로 돌아갔다.

억겁의 세월을 보낸 후 남편이 왔고, 나는 오늘 자유롭게 발길 닿는 대로 이 도시를 돌아보자 제안하였다. 남편은 늘 그렇듯 "좋아!"라고 끄덕여주었다. 어서 와 샘, 프로도 또 노 젓는다.

남편의 1차적 욕구를 해결했으니 이제 내 차례다. i-Site에서 나와 가장 먼저 스타벅스에 갔다. 세계 어디에 가도 같은 맛, 같은 분위기의 스타벅스가 마치 고향에 온 것처럼 반가웠다. 애써 새로운 곳으로 떠나왔으면서도, 익숙한 것들이 주는 편안함에 반가움을 느끼는 현실이 다시 한 번 아이러니하게 느껴졌다.

"남편, 오늘 어디에 가보고 싶어?"

"(지도를 열심히 살피며) 나는 여기 보타닉 가든에 가보고 싶어."

"좋다, 좋다. 나는 오타고 대학교 캠퍼스를 구경해 보고 싶어."

"그것도 좋다. 찾아보니까 여기 맥주 공장 투어도 있어. 자유롭게 시음도 한대!"

"그래? 그곳을 최우선으로 동선을 짜보자."

애주가 부부의 일정은 간단명료했다. 세인트폴 대성당과 시립미술관, 백 년이 넘은 교회들과 기차역들은 우리에게 크게 매력적으로 다가오지 않았다. 시음이 포함된 맥주공장 투어가 이 도시의 예술혼과 백 년이 넘는 세월을 가볍게 누르고 우리를 유혹하는 데 성공했다. 맥주공장 투어는 16시였으므로, 대학교와 가든을 모두 둘러본 후에 가도 충분한 시간이었다.

가장 먼저 오타고 대학교(University of Otago)로 향했다. 뉴질랜드에서 가장 오래된 역사를 자랑하는 대학교로 1869년에 설립되었다고 하는데, 견뎌온 세월에 비해 캠퍼스가 젊고 깔끔한 느낌이었다. 그리고 역시나 매우 한적했다. 오타고 대학교로 인해 더니든이 '대학의 도시'라고 불린다고 하는데 의학, 치의학, 해양학 분야에서 명성이 높다고 했다. 우리는 대학은 뭐니 뭐니 해도 중도(중앙도서관)부터 가봐야 한다며 도서관에 제일 먼저 찾아갔다. 어느 방향에서 봐도 중도임을 느낄 수 있는 거대한 건물이 나타났다. 다가가 보니 우리의 예상이 맞았다. 그런데 이럴 수가! 중도가 주말에 문을 닫는단다. 정말 충격적이었다. 주말에도 바글바글한 한국 대학의 중도와는 달라도 너무 달랐다.

"와, 너무 좋은 나라야."

"사업 측면에서만 여유로운 것이 아니었어. 다방면으로 여유로운 나라야."

우리는 전 세계에서 일 많이 하는 것으로 제일가는 국가의 노동자로서 너무 악착같이 살고 있다며 넋두리를 늘어놓았다. 캠퍼스를 가로지르는 강을 걷다 보니 동아리 방인지 기숙사 타운인지 모를 지역이 나타났다. 낮은 주택들이 줄지어 있었는데, 인적은 드물었으나 간간이 지나다니는 사람들은 한눈에 봐도 20대 초반의 대학생들이었다. 놀라웠던 것은 대부분의 집 앞마당에 놓인 분리 수거통 혹은 쓰레기통에 수십 개의 빈 맥주병들이 쌓여 산을 이루고 있었다는 것이다.

"그래, 이게 대학 생활이지."

"이제야 뉴질랜드 사람들과의 공감대가 형성되는 것 같네."

우리는 '응답하라 2005' 모드가 되어 화려했던 20대의 추억을 곱씹었다. 신입생 시절부터 쌓아 온 재미있는 에피소드가 줄줄이 등장했다. 누가 우리의 소싯적 술 이야기를 들으면 뱃사람이라도 되는 줄 알겠다며 한참을 웃었다.

호기롭던 그 시절 이야기를 할 때마다 드는 생각은, 남편도 나도 어릴 적 청춘의 방황을 했던 지역이 상당히 겹친다는 것이다. 아마 수차례 스쳐 지나가지 않았을까 추측된다며 추억의 조각을 맞추어 나갔다. 추억 여행이 무르익어 우리는 깔깔대며 캠퍼스를 여유롭게 걸었다. 추억 속으로 너무 깊이 빠져든 것일까, 맥주병들을 제외한 오타고 대학교의 풍경은 사실 기억에 진하게 남지는 않았다.

캠퍼스에서 멀지 않은 곳에 보타닉 가든이 있었다. 쌀쌀한 날씨 때문인지 가든은 전체적으로 조금 메마른 느낌이 강했고, 아주 특별할 것은 없는 넓은 공원이었다. 그럼에도 불구하고 산책 중인 사람들이 적잖이 눈에 띄었다. 뉴질랜드에서 이 정도면 아주 붐비는 축이었다. 한참을 걷다 보니 호수가 등장했다. 퀸스타운에서 본 풍경과 비슷한 느낌으로 오리들이 노닐고 있었다.

"와, 저기 사무소에서 오리 밥도 무료로 나누어준다."
"오리한테도 좋은 나라야."

우리도 한 봉지 얻어다 아이들 틈을 뚫고 오리들의 배를 채워주었다. 오리 연못 주변에는 가족 단위의 여행객들이 제법 많았다. 오리 배를 채워주다 보니 나도 배가 고파 가든 내에 있는 식당으로 들어갔다. 보타닉 가든 관리 시설의 2층에 자리한 간이매점 같은 느낌의 식당이었다. 햄 치즈 파인애플 또르띠스라는 것을 주문하였고, 몇 분 지나지 않아 음식이 나왔다. 아주 풍미 없는 식빵 두 장 사이에 아주 약간의 잼과 햄, 치즈가 들어 있었고 음료가 없이는 먹을 수 없는 건조함이 느껴졌다. 냉큼 음료를 추가 주문했다. 뉴질랜드에서는 청정우를 구워 먹는 것 외에 다른 음식은 참 건조하고 맛이 없었다. 여러모로 이민을 생각한다면 뉴질랜드가 1순위라고 생각했던 나의 결심에 아주 치명적인 단점이 등장했다.

맥주 공장으로 슬슬 옮길 때가 되어 다시 시내 중앙으로 나왔다. 한 번 길을 잃긴 했지만 우리는 지도 한 장에 의지해 더니든 곳곳을 잘 돌아다니고 있었다. 가는 길에 더니든 시립 도서관이 보여 잠시 들렀는데, 큰 규모는 아니었지만 자료들이 깔끔하게 정리되어 있어 괜히 마음이 안정되었다. 도서관 소파에 앉아 하루 종일 고생한 다리에 잠깐의 휴식을 준 후 오늘의 하이라이트 장소로 걸음을 옮겼다.

#22.

애주가
부부의
맥주공장
투어

뉴질랜드 캠핑카 여행기

　Speight's 맥주 공장에 도착했다. Speight's는 무려 1876년에 창립된 뉴질랜드의 대표적인 맥주 제조사라고 했다. 공장 가이드 투어는 맥주가 만들어지는 공정을 직접 볼 수 있을 뿐만 아니라 영상과 음악이 어우러진 흥미로운 투어 프로그램이었다. 특히 공장 위층에서 아래층으로 내려가는 투어 순서가 맥주 제조과정의 순서와 동일하게 구성되어 있어 이해도 재미도 배가되었다. 카운트다운에서 장을 보면서 만났던 브랜드의 맥주를 직접 만드는 곳에 왔다고 하니 신기하고 기대되어 한껏 들뜬 마음으로 투어를 시작했다. 특히 공장에서 갓 나온 맥주는 흔히 사 먹는 그것과 차원이 다르다는 얘기를 익히 들어 왔기 때문에 큰 기대감이 들었다. 투어 가격은 1인 40~50불 정도였던 것 같다. 저렴한 가격은 아니었지만, 우리는 돈이 아깝지 않은 양의 맥주를 시음할 것이기 때문에 전혀 아깝지 않았다.

시간이 되자 투어 가이드가 등장했다. 딱 봐도 아주 열정적일 것 같은 인상을 주는 그는 시작부터 열과 성을 다해 Speight's의 설립부터 주요 연혁과 맥주를 만드는 전체 공정에 대해 상세히 설명을 해주었다. 처음에는 맨 앞에 서서 귀를 쫑긋 세우고 그를 따라갔다. 이 정도면 맥주를 만들어 먹겠다는 각오로 참여한 게 아닐까 싶을 정도로 열심히 들으며, 발효탱크가 연예인이라도 된다는 듯이 허리를 꺾어 사진도 찍었다. 하지만 설명의 깊이가 너무 깊었던 것일까? 집중력을 잃는 데에는 그리 오랜 시간이 걸리지 않았다. 대열의 맨 앞에서 맨 뒤로 후퇴하면서 나는 점점 시음의 시간만을 기다리게 되었다.

어찌어찌 투어는 막을 내리고 드디어 '아기다리고기다리던' 시음의 시간이 왔다. Speight's 맥주는 그 오랜 역사만큼이나 다양한 종류의 맥주를 제조하고 있었다. 각 맥주를 골라 직접 따라 마실 수 있도록 맥주 탭들과 설명이 쭉 나열되어 있었다. 나와 남편은 투어팀 10여 명 중에 가장 어린 축이었고, 젊음의 에너지를 발산하며 모든 종류의 맥주를 열정적으

로 시음했다. 데면데면하던 투어팀 분위기도 맥주에 취하고 분위기에 취해 말랑말랑해지기 시작했다. 국적도 취향도 다양한 사람과 담소를 나누며 갓 뽑은 맥주를 마시는 기분은 더 설명할 필요도 없이 최고였다.

"Wow, 허니문으로 맥주 공장 투어를요?"
"자, 젊은이들 한잔 더해요!"

분위기는 점점 우리 집 뒷골목의 카스광장처럼 변해갔고, 맥주로 대동단결한 10명의 다국적 친구들은 더없이 행복감에 취해 투어를 마쳤다.

밖은 이미 깜깜한 밤이었다. 맥주의 힘으로 한껏 기분은 좋아졌지만, 배차간격이 큰 버스를 기다려 홀리데이파크까지 갈 길이 까마득하게 느껴졌다. 서둘러 내렸던 정류장의 반대편 정류장으로 갔는데 '행사로 인해 버스는 우회하여 운영합니다.'라는 청천벽력 같은 안내문이 붙어 있었다. 시티센터에서 음악회를 하는지 도로 일부를 통제하고 관객석을 배치한 관계로 우리가 내렸던 시티센터 정류장은 이용이 임시 중단되었다. 게다가 뉴질랜드에서 처음 보는 도로 정체까지 있었다. 불안한 마음으로 임시 정류장을 찾아 한참을 걸었고, 반신반의하며 한 시간 가까이 버스를 기다렸다. 무사히 홀리데이파크까지 갈 수 있을지 점점 불안해지던 그때 반가운 3번 버스가 우리를 향해 달려왔다. 이렇게 반가울 때가!

우리는 무사히 홀리데이파크 앞에 하차하였다. 낯선 도시에서 큰 변수를 만났지만 큰 탈 없이 시티투어도 하고 무사 귀가했다는 것에 자부심이 하늘 높이 치솟았다. 힘들게 도착하니 괜히 더 반가운 홀리데이파크 오피스에 가서 하루치 비용을 더 지불했다.

'자, 이제는 돈을 받아주세요.'

이른 아침부터 머리와 다리를 풀가동해서인지 몹시 피곤했다. 당장 또먼 길 운전해서 이동하지 않아도 된다는 사실이 새삼 감사하게 느껴졌다. 어느덧 익숙해진 이곳 홀리데이파크가 주는 안도와 편안함에 금세 꿀잠에 들었다. 시간이 천천히 흐른 것 같은 행복한 더니든에서의 하루였다.

#23.

비상!
캠핑카 오수통
비우기

뉴질랜드 캠핑카 여행기

더니든에서의 두 번째 아침이 밝았다. 이제 더 이상 캠퍼밴 취침도 좁디좁은 화장실도 불편하지 않았다. 강하게 틀면 너무 건조하고 약하게 틀면 너무 추워 어느 장단에 맞춰야 할지 몰랐던 온풍기 역시 완벽한 강약 지점을 파악해 자유자재로 조절할 수 있게 되었다. 이렇게 익숙해진다는 것은 애석하게도 여행의 마지막이 다가온다는 이야기다.

캠핑카 여행은 자고로 한 달은 되어야겠다며 우리는 아쉬운 아침을 먹고 떠날 채비를 했다. 캠퍼밴 내 화장실에서 고양이 세수를 하고 나오는데, 이상하게도 물이 잘 빠지지 않았다. 오히려 역류하는 것 같은 느낌으로 쿨럭쿨럭대는 모습이 불안하기 그지없었다. 시설팀(남편)은 달려와 상황을 살펴보더니, 운영지원팀(남편)의 캠퍼밴 매뉴얼을 살펴보기 시작했다. 그렇다, 캠퍼밴에서 사용한 물은 모두 오수통에 모이는데, 계속 물을 사용하기 위해서는 자주 오수통을 비워야 했던 것이다. 대부분의 세면과 볼일들을 홀리데이파크에서 해결했기 때문에 캠퍼밴 화장실을 많이 쓰지는 않았지만, 일주일 동안 흘려보낸 물이 오수통을 가득 채워 한계치에 도달했던 것이다.

긴급히 소환된 환경미화팀(남편)은 서둘러 캠퍼밴 밖으로 나가 오수통 입구를 찾기 시작했다. 홀리데이파크에 있던 작은 양동이 안에 호스 끝을 넣고 반대쪽 끝을 오수통에 연결했다.

잠금장치를 열자 상쾌하지 않은 색깔의 오수가 콸콸 쏟아져 나왔다. 정화제가 들어 있기 때문에 냄새가 나거나 보기에 역하지는 않았지만 찝찝한 느낌은 어쩔 수가 없었다. 탁한 오수가 양동이를 채우고 또 채웠다. 저 안에 우리가 뱉은 치약 거품과 변기 물까지 모두 섞여 있다고 생각하니 속이 조금 안 좋아지는 것 같았다. 적극적으로 돕는 제스처를 취하고 싶었지만, 한 사람 손만 버려도 되는 거라면 이미 버린 남편 손을 쭉 버리는 게 나을 것 같아 멀찍이서 안타까운 추임새만 열심히 넣었다. 양동이를 채우고 비우기를 얼마나 많이 했는지, 그동안 한 번도 점검하지 않고 이 많은 물을 싣고 다녔다는 사실에 허탈한 웃음이 났다. 호스의 끝에 마지막 물방울이 똑똑 떨어지다 멈추는 모습을 보니, 비워진 오수통 만큼이나 마음도 가벼워졌다. 남편은 차도 가벼워졌으니, 더니든을 떠나기 전에 멋진 곳을 한 군데 더 들렀다 가자고 했다. 나는 오늘 하루는 손을 잡지 않겠다는 생각을 하며 그러자고 했다.

#24.

터널비치,
더니든의
마지막 선물

뉴질랜드 캠핑카 여행기

우리는 이틀간 정든 더니든을 떠나기 전에 아름다운 해변으로 유명한 터널비치(Tunnel Beach)에 들러보기로 했다. 터널비치는 더니든 도심에서 15분 정도면 도착하는 가까운 거리에 있었다. 주차를 하고 해변 쪽으로 이동하니 Walking track 안내가 있었다. 총 한 시간 정도 걸리는 코스라는데, 진입하기 전부터 사방의 풍경은 예사롭지 않은 자태를 뿜어냈다. 하지만 심신이 고단했던 내게는 눈앞의 오르막 내리막이 꽤 두렵게 느껴졌다.

"남편, 여기 오르막 내리막이 너무 힘들어 보이는데? 그냥 여기서 잠시 구경만 하고 갈까?"

잠시 생각에 잠겼던 남편은 그래도 여기까지 왔는데 천천히 한번 돌아보자며 손을 내밀었다. 나는 그러자며 함께 트랙 안으로 발을 옮겼다. 아차, 손을 잡아버렸네.

터널비치는 바닷물이 긴 세월 동안 빚어낸 자연 조각 사암지대로 유명한 곳이라는데, 큰 기대 없이 도착했던 우리 앞에 눈이 시릴 정도로 푸른 수평선이 펼쳐졌다.

"깨끗하다."

그래, 그 수평선은 참 깨끗했다. 그 이상 정확히 표현할 수 있는 말이 없다. 그만큼 맑고 깨끗한 푸른 수평선이 펼쳐졌다. 그 사이사이로는 바닷물의 침식작용이 만들어낸 높은 벼랑들이 줄지어 등장했다. 사방이 수평선이었지만, 그 느낌이 모두 달라서 보이는 각도마다 셔터를 누르지 않고 지나칠 수가 없었다.

저 끝에는 어떤 세상이 있을까? 잡힐 듯 잡히지 않는 수평선을 따라 걷다 보면, 금세 깎아지른 절벽이 나타났다. 거무튀튀한 바위산이 아니라 밝은 황토색 모래의 빛깔을 가진 사암 절벽이라 더욱 멋스러웠다. 절벽의 최고점에서는 만국 공통 점프샷을 찍는 젊은이들의 웃음소리와 환호성이 끊이지 않았다. 아름답고 재밌는 것은 두 배로 즐기라는 듯 바닷물이 하늘과 절벽을 그대로 비추어 또 하나의 장관을 연출하고 있었다. 우리도 절벽에 올라 점프샷을 찍어볼까 잠시 고민했지만, 저 높은 곳에 오를 생각을 하니 머릿속이 수평선처럼 하얘지는 것 같아 빠르게 포기하였다.

걷다가 만난 어느 지점에서는 둥그렇게 사암 절벽에 죽 둘러싸인 채 그 웅장함에 빠져들었다. 빛 한 점 가릴 것 없는 드넓은 해변에서 만난 기암괴석의 그림자는 마치 블랙홀 같았다. 빛을 포함해 모든 것을 집어삼킬 것 같은 깊은 어둠을 드리웠다. 마운트쿡에서 남편을 기다리며 느꼈던 태양의 위대함이 바로 이와 흡사했던 기억이 났다. 바로 이 장면을 마운트쿡에서도 본 것 같다며 호들갑을 떠는 나를 남편이 재미있다는 듯이 카메라에 담았다.

거대한 사암의 그림자를 뒤로하고 또 걸었다. 다채로운 자연의 신비로움에 감탄하며 걷고 또 걷다 보면, 가슴이 탁 트이는 수평선이 다시 한참 펼쳐지다가 또 무심하게 웅장한 사암 조형물을 툭 내놓곤 했다. 한 가지 의아한 것은, 한참을 걸었는데도 기대했던 터널의 모습은 전혀 보일 생각을 하지 않는다는 점이었다. 명색이 터널비치의 Walking track인데 도대체 터널은 언제 나오는 거냐며 더니든 시정부의 허풍을 지적하려던 그때, 눈앞에 캄캄한 동굴 같은 터널이 등장했다.

아주 좁은 폭의 이 터널은 1870년대에 해변으로 가는 조용한 길을 만들기 위해 손으로 절벽을 뚫어 만든 것이라고 했다. 누군지 정말 집념이 대단하다며, 얼마나 조용히 가고 싶었기에 손으로 절벽을 뚫을 생각을 했냐며 우리는 엄지를 척 들어 올렸다.

한 시간가량의 코스라고 들었지만, 감탄하고 사진 찍는 순간들을 더하니 훨씬 긴 시간을 보냈다. 여러 번의 오르막 내리막을 거쳐, 해변의 모래 위까지 걷고 나니 가뜩이나 지쳐 있던 나의 체력에 빨간불이 켜졌다. Walking track의 마지막으로 보이는 긴 오르막을 앞에 두고 나는 철퍼덕 땅에 주저앉았다.

"이 오르막 끝이 아까 우리 출발한 지점인 것 같은데, 정말 너무 길다. 힘들어."

"맞아. 거의 다 왔어! 우리 끝말잇기 하면서 갈까?"

"우리 둘 나이 합치면 거의 70이 다 되는 조합인데, 무슨 끝말잇기야."

"그래도 해보자! 나 먼저 한다!"

남편의 제안에 웬 뜬금없는 끝말잇기냐고 투덜거렸지만, 막상 시작하고 나니 다음 단어를 찾겠다는 소소한 재미와 불타는 경쟁심에 오르막의 고됨을 금세 잊고 아까 출발했던 지점에 도착했다. 대부분의 순간에 그저 무던한 남편은 가끔 소름 끼치게 지혜로울 때가 있는 것 같다.

터널비치의 마지막 고행길을 이겨낸 우리 앞에는 진정한 마지막 고행길이 남아 있었다. 바로 이 기나긴 여정의 시작이었던 크라이스트처치를 향해 먼 길을 달려가는 일이다. 우선 중간에 하루를 묵어갈 작은 도시 오아마루(Oamaru)를 목적지로 설정했다. 108km 직진을 알리는 내비게이션 화면이 나타나자 이제 익숙하다는 듯 동시에 피식하고는 액셀을 밟았다.

#25.

오아마루,
블루펭귄과의
만남

뉴질랜드 캠핑카 여행기

여행의 출발점인 크라이스트처치로 가는 긴 여정, 위아래로 길쭉한 남섬의 아래쪽 더니든에서 출발하여 위쪽에 자리 잡은 크라이스트처치까지 우측 옆구리를 따라 거슬러 올라가는 길이었다. 하루에 닿기는 무리일 것 같아 작은 도시 오아마루에서 하루를 묵기로 했다. 정보가 전혀 없이 들른 곳인데, 남섬의 중남부 오타고 지방에서는 더니든 다음으로 큰 도시라고 했다.

진입하자마자 지나치게 소란스럽지도 붐비지도 않는 소도시의 느낌이 확 풍겼다. 한국에 와서 검색해 보니 우리나라에 오아마루라는 의류 브랜드가 있다. 뉴질랜드 남섬 해안가에 위치한 아름다운 도시의 이름으로 편안하고 트렌디한 도심 스타일에 펭귄을 모티브로 한 다양한 디테일을 더한 브랜드란다. 이 먼 도시의 이름까지 따다 쓰다니, 새삼 브랜드 네이밍 하는 분들에 대한 존경심이 든다.

이른 오후 오아마루 홀리데이파크에 도착했다. 그동안 늘 해가 진 후 홀리데이파크에 도착했던 생각을 하면 아주 여유로운 일정이었다. 차를 세우고 전기를 연결하자마자 캠퍼밴에서 내 맘대로 뉴질랜드 스타일 버거를 만들었다. 패티를 굽고, 달걀프라이도 하나 올린 후 식기 전에 치즈를 추가, 빵 위에 올리고 케첩을 뿌린 후 약간 삐들삐들해진 샐러드 야채들을 끼워 넣으면 완성이다. 야무지게 남편의 마운틴듀까지 곁들여 푸짐한 식사를 했다. 부른 배를 두드리며 잠시 휴식을 취하는데, 도시가 워낙 조용해서인지 시간이 느리게 흘렀다.

언제나처럼 내가 정적을 깼다.

"오아마루에서도 알찬 하루를 보내야 하지 않겠어? 우리 i-Site에 가서 재밌는 프로그램이 있는지 살펴보자!"

이미 캠퍼밴 소파와 물아일체가 되어 있던 남편은 흔쾌히 그러자고 대답한 후 지구 자전속도로 몸을 일으켜 함께 나서 주었다. 그동안 들렀던 i-Site들과 비교하면 아주 아담한 크기의 사무실에 몇 가지 팸플릿들이 진열되어 있었다. 하나하나 읽어봤지만 특별히 매력적인 프로그램이 눈에 띄지 않았다.

"남편, 여긴 펭귄이 유명한가 봐."
"그러게, 블루펭귄이라고 쓰여 있네. 파란색 펭귄인가?"
"음, 별로 안 궁금하다. 오늘은 그냥 쉴까?"
"난 너무너무 좋지."

그냥 돌아 나오는 발걸음이 아쉬웠지만, 왠지 그만큼 여유로웠다. 신혼여행 와서 처음으로 느껴보는 한가한 시간이었다. 그래서 아직 벌건

대낮이지만 지나치게 무릎이 나온 파자마로 갈아입고 소파 형태로 놓인 캠퍼밴 뒤쪽 공간을 침대모드로 변경했다. 벌러덩 드러누우니 진정한 여유의 향기가 피어올랐다.

내가 나무늘보라고 부를 만큼 격렬하게 아무것도 하지 않는 것을 즐기는 남편은 물 만난 물고기처럼 캠퍼밴 침대에 달라붙어 미동도 하지 않고 여유를 즐겼다. 그와 달리 한순간도 가만히 있지를 못하는 나는 좁은 캠퍼밴에서 뒹굴거리고 있자니 금세 좀이 쑤시기 시작했다. 캠퍼밴 이곳 저곳을 돌아다니며 온갖 참견을 하다가, 조잘조잘 아무 말 대잔치도 해봤지만 야속한 시계는 어찌나 더디 가는지. 너무 지겨워 째깍째깍 초침 소리가 점점 크게 들려올 지경이었다. 그래, 이렇게 가만히 있을 수는 없다. 여기가 어딘가, 머나먼 뉴질랜드 아니던가!

"남편, 안 되겠어. 아까 i-Site에서 본 팸플릿 중 우리 눈을 가장 오래 끌었던 게 블루펭귄 보는 프로그램이었지? 그거 가보자!"

남편은 아까보다 더 느리게 몸을 일으키며 그러자고 했다. 투어의 시작은 저녁 8시 30분이었다. 점심에 맛있게 먹었던 뉴질랜드 버거의 앙코르 버전으로 저녁을 때우고 여유 있게 출발했다. 가로등이 드문드문 있어 캠퍼밴 라이트에 전적으로 의지해야 했다.

깜깜한 늦은 시간에 어두운 시골길을 따라 달리니, 조금 무서운 항구와 휑한 공터들이 나타났다. 누아르 영화의 배경이 될 법한 비린내 나는 부둣가였다. 이 동네 어딘가에 냉동 창고가 있다면 반드시 조직폭력배의 본거지일 거라며 상상의 나래를 펼쳤다. 이 배경에서는 왜 꼭 이 노래가 생각나는지, 우리는 약속이나 한 듯 무반주 노래를 시작했다.

"비겁하다~ 욕하지 마~ 더러운 뒷골목을 헤매고 다녀도."

열창하는 사이 목적지인 Blue penguin colony에 도착했다. 도시는 전체적으로 한산하다 못해 스산한 느낌이 들 정도로 개미 새끼 한 마리 찾아보기 힘들었는데, 어디서들 나타났는지 꽤 많은 사람들이 모여 있었다.

경주 불국사에 가면 흔히 볼 수 있는 문화 해설사처럼 마이크를 찬 관광안내원이 등장했다. 블루펭귄은 키가 약 30cm 정도인 세상에서 제일 작은 펭귄이라고 소개했다. 뉴질랜드와 호주에서만 볼 수 있다며 어깨를 으쓱하고는 허술한 나무문을 열어 우리를 이끌고 바닷가로 향했다. 바닷가에 다다르자 조금 더 허술한 나무 난간이 설치되어 있었고 난간 너머로는 시원한 바다가 철썩철썩 쉬지 않고 파도를 만들어 내고 있었다.

관광안내원은 여기서 바다를 보고 있으면 곧 무언가 발견할 수 있을 거라고 말하고는 마이크의 전원을 내렸다. 역시나 시킨 대로 잘 따르는 데에 소질이 있는 우리는 펭귄 관람계 최고 모범생이 되어 제일 앞 가운데에 자리 잡고 앉았다. 그가 시킨 대로 흔들림 없이 바닷가를 주시한지 몇 분이 지났을까, 저 앞에 무언가 나타났다. 우리의 눈을 사로잡은 그것은 귀여운 펭귄이 아닌 거대한 바다표범이었다. 실제로도 어마어마한 무게를 자랑한다는 바다표범은 육중한 몸을 이끌고 뭍으로 나와 꿀렁대며 바위 위에 몸을 올려놓았다. 바위 위로 올라갔다는 능동적 표현보다는 몸이 꿀렁이다 가까스로 바위 위에 걸쳐졌다는 표현이 더 정확한 느낌이었다.

'숏다리에 둥근 몸, 물에서는 잽싸지만 뭍에서는 얼마나 불리한 생김새인가!'

바다표범과 눈을 맞추며 신기함과 연민을 함께 느끼고 있던 그때, 저 멀리서 귀여운 펭귄이 시원하게 헤엄쳐 오는 게 보였다. 작고 날렵한 펭귄은 바위 위로 빠르게 슬라이딩한 후 총총, 총총 우리를 향해 걸어오기 시작했다. 뒤뚱거리며 다가오는 모습에 절로 미소가 지어졌다. 바다표범 뺨칠 정도로 대단한 숏다리와 3등신 비율을 자랑하는 블루펭귄의 자태는 귀여우면서도 위풍당당했다. 공존할 수 있는 표현인지 모르겠지만 정말 그러했다.

"어이구 귀여워라, 이리 와봐."

　나도 모르게 속삭이고 있었나 보다. 남편이 걸음마하는 아기라도 만났냐며 한참을 웃었다. 등장하기까지 한참을 기다리게 하던 블루펭귄은 한 번 나타나기 시작하더니 셀 수도 없이 많은 수가 여러 방향에서 나타나기 시작했다. 일부 연예인 기질을 가진 펭귄들은 난간 바로 앞까지 다가와 우리 앞을 거닐더니 하나하나 눈을 맞추며 팬서비스를 해주었다.

　많은 펭귄의 등장에 흡족한 관광안내원은 이제 자유롭게 펭귄을 보다 퇴장하시면 된다며 서둘러 우리를 떠났다.

"고객들을 두고 먼저 퇴근하는 건가?"

"역시 좋은 나라야. 우리나라였으면 아까 그 낡은 문으로 마지막 한 사람까지 내보내야 투어가 끝나고 퇴근할 수 있다고 생각할 텐데."

"그러게, 여기 계속 있어도 되는 건가? 나가는 쪽이 어느 쪽이었지?"

　남편과 나는 갑자기 어미를 잃은 아기 펭귄처럼 갈 곳을 잃은 눈빛이 되었다. 그런데 가만히 생각해 보니 애초에 이곳은 자연의 일부이고 들고 나는 것 또한 자연스럽게 우리가 알아서 하면 될 몫이라는 생각이 들었다.

"어느 쪽으로 가든 바다 쪽으로만 가지 않으면 주차장은 나오겠지, 뭐."

"그래. 우리 핵인싸 블루펭귄들이랑 좀 더 교감을 하다가 가자!"

"좋아."

우리는 몇몇 사람들이 떠나기 시작한 후에도 한참을 펭귄들과 눈을 맞췄다. 춥고 피곤했지만 왠지 좀 더 그 바다에 있고 싶었다. 마지막으로 퇴장을 하고 캠퍼밴에 돌아오니 이미 밤 10시를 훌쩍 넘긴 시각이었다. 서둘러 홀리데이파크로 돌아가던 우리는 왠지 자꾸만 아쉬운 마음이 들었다. 이제 이 여행은 막바지에 접어들었고, 곧 한국으로 돌아가 다시 바쁜 일상 속에 스며들면 금세 이 여행의 기분을 잊어버릴 것만 같았다. 진한 아쉬움이 밀려왔다. 홀리데이파크로 돌아가기 전에 차분하게 우리의 여행을 정리해 볼 수 있는 시간을 갖고 싶었다.

그러다 시내의 한 교회를 발견했다. 정규 예배 시간은 지난 것 같았지만 환한 불빛이 주변을 밝히고 있었다. 한번 들어가 보자며 차를 세웠다. 독실한 크리스천 부모님 아래 모태신앙으로 자랐지만 스무 살 이후 교회에 가본 적이 없는 남편은 주로 본인이 어렵거나 불리할 때만 간헐적으로 "아이고 아버지!"를 찾는 사람이었다. 나는 종교에 아무런 관심이 없고 주로 그쪽 계열로는 아무 의견조차 없는, 유·무신론자 개념을 초월

한 무관심론자였다. 그런 두 사람이 멀리 뉴질랜드의 낯선 교회에 어색한 발을 함께 들여놓았다.

분명 늦은 시간이었는데도 교회 안은 북적였다. 족히 스무 명은 되어 보이는 사람들이 흰 가운을 입고 노래를 부르고 있었다. 하나같이 우리를 향해 친절한 눈빛을 보내며 노래를 이어갔고, 노인 한 분이 다가와 오늘의 프로그램 안내지를 건네주었다.

내게는 언어도 정서도 다른, 알 수 없는 분위기였지만 따뜻했다. 한눈에 보아도 캠퍼밴에서 버거를 만들어 먹고 펭귄을 보고 온, 극동지방 출신의 이방인임에도 불구하고 친절하게 맞아 주는 미소가 포근했고 소박한 노랫소리가 아름다웠다. 그곳에서 아무 말 없이 한참을 앉아 있었다. 조용히 생각에 잠긴 남편도 나와 같은 생각을 하는 것 같았다.

장난기가 발동한 나는 한껏 진지해진 남편에게, 당신이 십여 년 만에 기도를 하며 "지저스!"를 외치면 하늘에서 "후아유?" 할 거라고 놀렸다. 남편은 신성한 곳에서 거짓을 말하면 안 된다고, 다 보고 계신다고 독실한 신앙인인 체를 했다. 나는 그의 모든 멘트에 계속해서 "후아유?"라고 받아치며 약을 올렸다. 길 잃은 어린양 놀리는 재미가 쏠쏠했다. 유치원 수준의 대화였지만 그 덕에 깔깔거리며 홀리데이파크로 돌아왔다. 그렇게 웃고 떠드는 사이, 야속하게도 얼마 남지 않은 뉴질랜드에서의 밤은 깊어만 갔다.

캠핑카에서
맞는
마지막
아침

뉴질랜드 캠핑카 여행기

익숙한 천정의 무늬와 등 쿠션의 촉감, 가는 바람에 흔들리는 창밖의 마른 나뭇가지들과 끝없이 맑고 높은 하늘, 캠퍼밴에서 맞이하는 마지막 아침이 밝았다.

어제 저녁만 해도 한산하던 홀리데이파크에는 언제 들어왔는지 제법 많은 캠퍼들이 분주한 아침을 보내고 있었다. 특별히 볼 게 있는 관광지라기보다는 잠시 쉬어가는 도시인 만큼 아마 밤늦게 홀리데이파크로 들어온 차량들이 많은 모양이었다. 어제 몇 시간 일찍 와서 경험한 시설들에 대한 텃세를 더해 우리는 제법 익숙하게 수도와 편의시설을 착착 찾아서 세면 및 개인 정비를 진행했다. 주변 캠퍼들은 힐끗거리며 우리를 따라서 고양이 세수를 하고 아침 준비도 했다. 홀리데이파크에서 만나는 사람들은 같은 처지(?)에 있어서인지 무언의 배려와 연민이 묘하게 형성되어 있었다.

'자네도 야외 취침하느라 힘들었지? 참, 우리도 사서 고생하느라 수고가 많네.'

여행의 종착지로 향하기 전, 마지막으로 캠퍼밴의 짐을 정리하다 카메라가 눈에 들어왔다. '자기애'로 둘째가라면 서러운 나는 내가 나오지 않는 사진, 예를 들어 풍경 사진은 잘 찍지 않는다.

반면, 자신이 앵글에 잡힐세라 열심히 도망 다니는 남편은 풍경 사진과 더불어 내 사진을 즐겨 찍곤 했다. 뉴질랜드의 풍경 사진들 역시 대부분 남편의 손에서 탄생한 것들이었는데, 문득 아쉽다는 생각이 들어 카메라를 메고 차 밖으로 나왔다. 어느새 익숙해진 홀리데이파크 전경을 괜히 찍고 또 찍었다. 이제 다시 돌아오려면 아마도 많은 시간이 흘러야 할 것 같다는 예감이 자꾸만 셔터를 누르게 했다. 이곳의 전경을 카메라에 담고 마음에 새겼다. 이 여행을 영원히 기억하고 싶어서 마음속 사진첩에 한 장씩 꾹꾹 눌러 담았다.

긴 여행 내내 우리의 발이 되어 주고, 집이 되어 주고, 마음의 안식처로서의 역할까지 묵묵히 수행해 준 고마운 캠퍼밴의 옆태도 정성스레 담아보았다. 큰 몸과 작고 삐죽한 입을 가진 녀석은 그 생김새처럼 과묵하고 묵직하고 믿음직했다.

처음에는 이 큰 덩치를 끌고 어떻게 이 넓은 땅을 누비고 다닐지 걱정이 앞섰는데, 무탈히 우리를 잘 인도해 준 든든한 여행 동반자였다. 침대를 접고 펴는 완벽한 배치도, 구릉지대 급커브의 완벽한 핸들링도 이제야 익숙해졌는데 이렇게 헤어져야 하다니! 아쉬움이 밀려왔지만, 아쉬운 만큼 우리의 여행이 풍성하고 행복했음을 떠올리며 먼 훗날 기약 없는 재회를 약속했다.

헛헛한 마음을 달래려 즉석밥을 돌리고 남은 반찬들을 푸짐하게 꺼냈다. 아직 한참 남은 양가 조달 진미채 무침과 장아찌들이 테이블을 가득 채웠다. 아껴 먹는다고 조금씩 꺼내어 먹었는데, 진작 풍족하게 집어 먹을 걸 하는 후회가 밀려왔다. 자린고비 생활 끝에 벼락부자가 된 듯이 푸짐하고 아낌없는 아침을 먹었다.

"남편, 이제 남기면 다 짐이다. 배 속에 가득가득 저장해!"
"응웅! 즉석 밥 하나 더 돌려서 최선을 다해볼게."

똑같이 먹어도 나와 달리 살이 전혀 찌지 않는 남편은 아침부터 밥맛이 좋다며 열심히 진미채 무침을 공략했다. 똑같이 먹어도 눈에 띄게 살이 잘 찌는 나는 절제된 손짓으로 밥 한 그릇을 뚝딱한 후 커피를 마셨다. 부른 배를 두드리며 능숙하게 전기를 분리하고 캠퍼밴을 정돈했다. 소꿉놀이 같은 이 부엌에서 설거지하는 것도 이제 마지막이라고 생각하니, 자꾸만 마음이 울렁울렁했다.

깊숙이 넣어두었던 캐리어를 꺼냈다. 캠퍼밴에 차곡차곡 정리해 넣었던 옷가지들을 꺼내 다시 캐리어에 옮겼다. 한 칸씩 비어가는 수납장들을 보니 또 한 번 가슴이 먹먹해졌다. 감상에 젖지 않기 위해 이런저런 농담을 하며 빠르게 짐을 다 꾸렸다.

자, 이제 우리 여행의 끝을 향해 떠날 채비가 다 되었다.

#27.

안녕,
캠핑카
반납하기

뉴질랜드 캠핑카 여행기

날이 흐렸다. 아쉬움과 미련으로 버무려진 내 마음 같은 하늘이 이어졌다. 봄은 따뜻한데다 만물이 소생하는 느낌이 들어 좋고, 여름의 뜨거운 태양은 열정적이어서 좋고, 가을은 시원하면서도 낙엽의 센티한 감성이 있어 좋고, 겨울은 추워서 정신이 바짝 차려지니 좋고, 마지막으로 사계절 언제든 궂은 날씨는 막걸리 맛이 좋아서 특히 좋다던 나는 여행 막바지의 우울감까지 더해 아침부터 막걸리를 외쳐대고 있었다.

"이제 오늘이 마지막이야, 너무 아쉬워! 이런 날씨에는 막걸리를 마셔줘야 하는데!"

장장 2,000km 가까운 거리를 달려온 기나긴 여정, 대부분의 구간에서 운전대를 잡고 고생한 남편은 마지막 날까지도 길을 따라 핸들을 열심히 돌리고 있었다. 동시에 입으로는 열심히 내게 장단을 맞춰 주었다.

"여행의 끝을 아쉬워하지 말고, 얼른 집으로 돌아가 신나게 막걸리를 마실 설렘을 생각하자!"

롤러코스터 같은 아내와 함께하는 더욱 롤러코스터 같은 드라이빙이 계속되었다. 내 남편, 참 극한 직업이 따로 없구나.

그 와중에 크라이스트처치로 가는 길은 야속하게도 아름다웠다. 늘 그렇듯 무심하게 툭툭, 아름다운 하늘과 나무와 양떼들을 내어놓았다. 마지막으로 좋은 풍경을 마음에, 두 눈에 많이 담아 가라는 듯 낮은 구름도 길게 깔아 주었다. 익숙해진 풍경들이 괜히 더 아름답게 느껴지는 건 아쉬움 때문이겠지.

센티한 감성에 취해 한국인이 사랑하는 팝송 101곡을 틀었다. 제일 먼저, 기다렸다는 듯이 머라이어 캐리가 탑승했다. 고음 대결이라도 할 기세로 노래를 따라 부르고 나니 브리트니 스피어스가 등장했다. 따라 부르기가 한결 수월했다. 백스트리트 보이즈의 등장에 우리는 조악한 3도 화음으로 대적하며 열창을 했다. 왕년 톱스타들의 연이은 등장과 격한 소음에도 우리 캠퍼밴은 멈추지 않고 주행을 이어갔고, 어느새 크라이스트처치에 도착했다. 초행길에 퀸스타운까지 내려가는 길은 그리 더디더니, 여행의 끝으로 가는 길은 어찌나 눈 깜짝할 새인지.

크라이스트처치에서 가장 먼저 해야 할 일은 슬프게도 우리의 여행 동반자이자 노래방까지 되어 준 고마운 캠퍼밴을 반납하는 것이었다. 캠퍼밴과 처음 만났던 설레는 여행의 시작점, 캠퍼밴 회사로 향했다. 오아마루 주유소에 들렀을 때, 크라이스트처치까지 갈 만큼만 주유를 하자던 나와 달리 혹시 모르니 무조건 가득 채우자 했던 남편의 준비성 덕분(?)에 우리는 처음보다 훨씬 더 많은 양의 기름을 채운 상태로 캠퍼밴을 반납해야 했다. 주유 비용이 꽤 큰 금액이었기 때문에 조금 속이 쓰렸지만, 무사히 여행을 이끌어 준 녀석에게 주는 마지막 선물이라 생각하니 마음이 한결 너그러워졌다.

캠퍼밴 회사 직원은 처음 캠퍼밴을 소개해 주었던 직원 Alley와 비슷한 느낌으로 대충 차량을 체크했다. 기름이 가득 차 있는 것을 보고 엄지손가락을 위로 올려 보이고는 가도 좋다고 했다. 이별은 짧게 하라던데, 캠퍼밴을 두고 돌아서는 발걸음이 쉽게 떨어지지 않았다. 남편도 같은 마음이었는지 자꾸 뒤를 돌아보곤 했다. 지금도 누군가의 두 발로, 집으로, 그리고 마음의 안식처로(혹은 노래방으로) 제 역할을 충실히 해내고 있겠지.

인천에서 그랬듯이, 귀국편 또한 다음 날 이른 아침 출발이었다. 우리는 공항 이동이 용이한 공항 바로 옆 숙소에서 하루 묵어가기로 하였다. 크라이스트처치 공항의 주시 스누즈라는 곳이었는데, 저렴하면서도 깔끔하고 아주 만족스러운 숙소였다.

심플한 외부와는 다르게 내부는 마치 요즘 잘 나가는 스타트업 사무실 같은 창의적인 자태를 자랑했다. 예전 헝가리 출장 중에 한때 마이크로소프트 파워포인트를 위협했던 프레지(Prezi) 본사에 간 적이 있었는데, 이곳 공용 공간 분위기와 비슷했던 기억이 났다.

긴 테이블과 여기저기 매달린 해먹이 아주 마음에 들었고, 마음속 깊은 곳에 잠자고 있던 창의력이 샘솟았다. 남편도 나와 같은 기분을 느끼고 있는 것 같았다. 우리는 이 멋진 공간에서 더욱 멋졌던 이 여행의 기억들을 해시태그로 정리했다. 첫날부터 오늘까지의 동선과 사건 사고들을 되짚어가며 얼마나 웃었는지 모른다. 그때 영감을 받아 기록해 둔 해시태그는 지금 이렇게 여행기를 쓸 수 있도록 도와준 일등 공신이 되었다.

여행의 기억들을 쏟아내고 나니 머리와 마음이 한결 가벼웠다. 하지만 전혀 가벼워지지 않은 것이 있었으니 우리의 30인치, 26인치 캐리어였다. 캠퍼밴에 욱여넣었던 짐들과 욕심부리고 쟁여두었던 술들이 여전히 한 가득이었다. 끝까지 아끼고 아꼈던 소주 두 병은 나중에 들렀다 갈 한국인 여행자들을 위해 공용 냉장고에 기부했다. 우리와 같은 애주가 한국인들이 이 냉장고를 열어 소주를 발견한다면 얼마나 행복할까? 새벽에 막 도착해서 이곳에 묵어가는 여행자라면 행복한 여행의 시작을, 우리처럼 귀국을 앞두고 들른 여행자라면 아름다운 여행의 마무리를 할 수 있을 터였다. 아주 값진 기부를 한 것 같아 기분이 들떴다. 뉴질랜드 맥주는 기부해 봐야 소주에 비해 희소가치가 많이 떨어질 것이라 판단한 우리는 이것을 가장 가치 있게 활용하는 방법을 생각해 냈다. 바로 우리가 모두 비우고 가는 것! 캐리어에서 꺼낸 맥주들을 모두 가방에 담아 공

용 공간으로 나왔다. 마지막으로 약간 시든 샐러드 야채들을 활용해 뉴질랜드식 버거를 만들어 맥주에 곁들였다. 뉴질랜드에서의 마지막 밤이 주는 아쉬움과, 알록달록 예쁜 공간이 주는 자유로움과, 사랑하는 사람과의 행복한 느낌 속에서 시원하게 맥주병을 비워갔다. 쌓여가는 빈 캔과 병들을 보며, 몇몇 외국인이 엄지를 추켜올리기 시작했다.

'잘 봐, 이게 한국인의 정신력이다.'

뉴질랜드 맥주들을 깨끗하게 비우고 산뜻한 기분으로 방에 들어와 못다 본 〈반지의 제왕〉 2편을 마무리했다. 뒤늦게 선물을 못 샀다는 생각이 들어 도보 거리에 있는 카운트다운에 들러 가족들에게 줄 마누카꿀 몇 병을 사 온 후 일찍 잠자리에 들었다. 그렇게 평화로운 뉴질랜드에서의 마지막 밤이 될 줄만 알았다. 남편의 토하는 소리에 깨기 전까지는 말이다.

그렇다, 남편은 술병이 나고 말았다. 짐을 가볍게 해야겠다는 의무감 때문인지, 서양 친구들의 엄지척에 으쓱해서인지 무리해서 술을 들이켠 것이 화근이었다. 웬만해서는 숙취를 허락지 않는 강력한 간을 갖고 태어난 나는 아무 증상이 없었다. 연속 3회 토하고 온 남편의 등을 쓸어내리며 말했다.

"맥주에도 술병이 날 수 있구나. 독주에만 술병이 나는 줄 알았어."

남편은 퀭하고 초점 없는 눈으로 말했다.

"나도 처음 경험해 봐. 술병이 아니라 맥주에 체한 게 아닐까?"
"그래, 급히 마셔서 체했을 수도 있겠다."

남편은 밤사이 몇 번이나 속을 비워내면서도 센 척을 했다. 번데기 앞에서 주름잡기 혹은 한전 앞에서 촛불 켜기와 같은 상황이었지만, 나는 속아주는 척했다. 진정한 강자는 조용하다고 했던가, 나는 과묵하게 토하는 남편의 등을 문질러 주었다.

'평생 보조 맞추려면 밀크시슬 잘 챙겨 먹어, 남편.'

그렇게 뉴질랜드에서의 스펙터클한 마지막 밤이 더디게 흘렀다. 남편은 더욱 퀭한 얼굴로 뉴질랜드에서의 마지막 아침을 맞았다. 나는 남편에게 먼 길 앞두고 너무 무리해서 술을 마셨나 보다고, 컨디션 관리 잘하라고 약간의 원망을 담아 잔소리를 했다. 귀국길에 내게 어떤 시련이 닥칠지 모르고 말이다.

#28.

귀국 I:
남편의
술병

뉴질랜드 캠핑카 여행기

술병 난 남편의 구토와 신음으로 가득했던 기나긴 밤이 지나고 뉴질랜드에서 맞는 진짜 마지막 아침이 밝았다. 예전 개그콘서트에 나오던 허둥 9단의 다크서클을 그대로 옮겨 그린 것 같은 남편의 얼굴은 정말 말이 아니었다.

다행히도 숙소에서 공항까지 셔틀을 운행하고 있어 우리도 사람들 틈에 섞여 편하게 공항으로 이동했다. 퀸스타운에서의 카운트다운 사재기 여파로 술과 음식이 남아 고민했던 우리, 술은 어제 마무리했지만 아직도 처치하지 못한 바나나 한 송이가 가방에 들려 있었다. 뜨끈한 국물로 해장을 해도 모자란 판에 느끼한 바나나라니! 당장 버리고 싶었지만, K 아주머니의 억척스러움을 끌어올려 탑승 수속 전 남은 바나나들을 해치우기 시작했다.

남편은 곧 바닥에라도 드러누울 것처럼 심신이 고되어 보였다. 어린아이의 보호자가 된 마음으로 어디 편안한 의자가 없나 두리번거리며 수속을 하고 있었다. 다행히 뉴질랜드 남섬의 인구밀도가 이곳에도 영향을 미쳤는지, 줄이 길지 않았다. 여권을 내밀고 기다리고 있는데, 승무원이 밝게 웃으며 말한다.

"Ms. Park 고객님, 항공사 회원 등급이 높아 저희 공항의 뉴질랜드항공 비즈니스 라운지 이용이 가능하십니다. 게스트 1인 동행 가능합니다."

이게 웬 횡재인가! 해외 출장 시 설국열차로 치면 꼬리 칸인 이코노미
석만 줄기차게 타고 다녔음에도, 워낙 탑승 빈도가 높다 보니 내 항공사
회원 등급은 늘 다이아몬드였다. 그 덕에 전 세계 많은 라운지를 다니며
꼬리 칸 시민으로서 누릴 수 없는 앞쪽 칸 호사를 종종 맛볼 수 있었다.
비즈니스라운지 출입이야 언제나 좋은 기억이었지만, 이날처럼 반가웠
던 적이 없었다. 바로 술병 환자와 함께 있었기 때문이다.

"남편, 내가 이날을 위해서 그렇게 출장을 많이 다녔나 봐. 라운지 가
서 푹 쉬자!"
"와~ 정말 잘됐다."
"라운지 가면 맛있는 것들이 있을 테니, 이제 바나나는 미련 없이 버리
겠어."

마지막 남은 바나나 한 개를 미련 없이 보내주고 라운지로 향했다.
크라이스트처치 공항에 있는 뉴질랜드항공 비즈니스라운지는 화려하
지는 않지만, 차분하고 편안한 느낌이었다. 마치 고풍스러운 도서관에
들어선 것처럼 은은한 나무 냄새가 풍겼고, 낮은 밝기의 조명 또한 어둡
다기보다는 포근하게 느껴져 아주 마음에 들었다. 푹신한 긴 소파에 몸
을 위탁한 남편은 금세 물아일체가 되어 읊조렸다.

"와~ 우리 집보다 더 좋다. 집에 가기 싫어~ 여기서 계속 누워 있고 싶어."

누워서 쉬는 와중에 5분마다 화장실을 들락거리며 마지막 술기운을 털어내던 남편은 얼마 지나지 않아 혈색이 돌아오기 시작했다. 판다 같던 다크서클도 기분 탓인지 점점 옅어지는 것 같았다.

"남편, 음식 좀 먹어봐. 많지는 않지만 먹을만 해. 각종 주류도 있어!"
"윽, 술 근처에도 가기 싫어."

남편은 주류코너를 구경하는 나를 보며 어제의 외국인들처럼 엄지를 추켜올렸다.

'평생 밀크시슬 잘 챙겨 먹어, 남편.'

어느새 탑승 시각이 되어 게이트 쪽으로 이동해야 했다. 남편은 라운지에서 떠나기 아쉬워했지만, 그 덕에 술기운을 많이 이겨냈는지 발걸음이 한결 가벼워져 있었다. 게이트에는 이미 약 한 시간어치의 사람들이 탑승 대기 중이었다. 우리는 대열에 합류할 생각을 일찌감치 버리고, 제일 마지막으로 들어가자며 뒤쪽에 있는 소파에 자리를 잡았다.

근처에는 뉴질랜드의 노부부들 몇 쌍이 도란도란 이야기를 나누고 있었다. 과하지 않지만 충분히 멋을 낸 따뜻한 색의 스웨터와 단정한 머리, 함께한 긴 세월을 담고 있을 주름진 손을 맞잡고 있는 모습이 참 아름다웠다. 우리도 나중에 꼬부랑 할머니 할아버지가 되어서도 저렇게 예쁜 옷 입고, 손 꼭 잡고, 멋진 곳으로 여행 다니자고 이야기했다. 나는 술병은 사절이라고 덧붙이는 것을 잊지 않았고 남편은 머쓱해하며 웃었다. 둘이 함께 먼 미래를 그려가는 것이 당연해졌다는 게 신기하면서도 묘하게 설렜다.

우리를 태운 싱가포르 항공 비행기는 크라이스트처치를 떠나 경유지인 싱가포르 창이공항으로 향했다. 기류 불안정이 심해 무서울 정도로 기내가 흔들렸다. 다리가 들릴 정도로 기체가 요동치는 혼돈 속에서도 승무원들은 평정심을 유지하며 예정대로 기내식을 제공했다. 이런 상황에 기내식을 제공하는 것이 맞는 건지 의아했지만, 어떤 시련에도 굴하지 않고 서비스를 제공하겠다는 결의라도 한 것만 같았다. 단호한 미소와 함께 기내식을 내려놓는 모습에 군말 없이 테이블을 펼쳤다. 평소 먹성이 그리 좋지 않지만, 이상하게 기내식만 보면 엄청난 식욕을 드러내는 남편이 요동치는 비행기 안에서 대단한 속도로 식사를 하기 시작했다. 이제 술기운을 완전히 떨쳐낸 모양이었다. 미식가로 둘째가라면 서러운 나는 평소 기내식에 대한 욕심이 없었지만, 남편의 기운에 힘입어 덩달아 굉장한 속도로 그릇을 비우기 시작했다. 흔들리는 비행기 안에서 조그만 테이블에 빽빽하게 놓인 음식들을 먹는다는 것이 쉽지 않았지만, 우리는 며칠 굶은 사람들처럼 거한 식사를 무사히 마쳤다. 무엇이든 급하면 탈이 난다는 것을 알았어야 했는데 말이다.

#29.

귀국 II:
나의
급체

뉴질랜드 캠핑카 여행기

창이공항에 내려 환승할 다음 항공편의 탑승 게이트 가까운 곳에 자리 잡았다. 그런데 이상하게도 점점 몸에 힘이 빠지고 메스꺼운 느낌이 들었다. 깊은 심호흡을 해봤지만, 증상은 급격히 심해져 가만히 있어도 어지럽고 머리가 깨질 것 같은 통증에 숨조차 쉬기 힘들었다. 평생 체 한번 크게 한 적 없었던 나에게 급체 증상이 나타나기 시작한 것이다. 물론 급체라는 것은 글을 쓰는 지금에야 짐작하는 것이고, 당시에는 도대체 왜 갑자기 이렇게 어지럽고 아픈 것인지 영문도 모른 채 당혹스럽기만 했다. 애벌레처럼 길게 이어진 의자에 누워 온몸을 비틀며 식은땀 흘리길 몇 시간, 그런 나를 챙기는 남편의 이마에도 식은땀이 맺혀갔다. 화장실에 가서 억지로라도 먹은 것들을 토해보려 했지만 생각대로 잘되지 않았고, 그렇게 통증과 당혹스러움에 지쳐갈 즈음 탑승이 시작되었다.

나는 정말 비행기에 탈 자신이 없었다. 이렇게 넓고 뻥 뚫린 곳에서도 숨쉬기가 힘든데 좁디좁은 비행기에 타면 정말 딱 죽을 것만 같았다. 그리고 이착륙으로 흔들리기라도 한다면 바로 속에 있는 모든 것들이 나올 것만 같았다.

'그럼 이 비행기를 그냥 보낼 것인가?'

나 자신에게 물으니 그건 절대 아니란다. 물론 탑승할 생각만 해도 머리가 깨질 것 같지만, 어차피 집에 가야 편히 쉴 수 있지 않은가? 그러니 죽든 살든 무조건 비행기를 타고 한국으로 가야겠다는 결론에 다다랐다. 정신력 으로 한 걸음 한 걸음 기내로 이동해 예약된 좌석에 몸을 던졌다. 다행히 3 인 자리에 예약된 사람은 우리 둘뿐이었다. 힘들게 자리를 잡고 앉았지만, 예상대로 좁은 공간에 몸을 욱여넣으니 증상은 더 심해지기 시작했다. 나는 도저히 안 될 것 같아 다급히 승무원 호출 버튼을 눌렀다. 야속한 승무원은 나의 아픔을 감지하지 못한 채 여유 있는 미소를 보이며 다가왔다.

"지금 두통과 메스꺼움이 너무 심한데 혹시 타이레놀 있나요?"
"저희 비행기에 타이레놀은 없습니다. 다만 싱가포르에서 비슷한 증상 에 먹는 현지 약이 있는데 드릴까요?"

타이레놀이 없다니 충격적이었지만 사람 사는 데는 다 비슷하지 않겠 냐며 그 약이라도 달라고 했다. 승무원이 가져다 준 약은 한자가 쓰여 있 어 이름 한 자도 읽을 수가 없었다. 이것저것 가릴 때인가 싶어 바로 삼 켰지만 약조차도 체해 버린 것인지 증상은 심해져만 갔다. 다시 승무원 을 불러 복도에 누워도 되겠냐고 묻고 싶은 욕구를 누르며 동방예의지국 출신의 체통을 간신히 지키고 있었다. 야속한 승무원보다 더 야속한 비 행기는 덜컹거리며 요란하게 이륙의 과정을 밟았다.

'오, 신이시여.'

주먹을 꼭 쥐고 눈을 감고, 이를 꽉 물고 기체의 흔들림을 견뎠다. 누가 보면 사극에서 출산 신을 찍는 여배우 흉내라도 내는 줄 알았을 것이다. 하지만 꼭 쥔 주먹과 비 오듯 하는 식은땀에도 결국 기권패 해버린 나는 승무원을 다시 호출했다.

"증상이 나아지지 않아서 그런데, 혹시 기내에 양호실처럼 누울 수 있는 공간이 있나요?"

"그런 공간은 없습니다."

"그렇다면 제 옆에 있는 남편을 다른 자리로 보낼 수 있나요?"

"여유 좌석이 있어 그건 가능할 것 같습니다."

"그럼 남편을 그리로 옮겨주시겠어요?"

드디어 나의 요구를 들어줄 수 있음에 기뻐하며 더욱 밝은 얼굴로 대답하는 승무원에게 냉큼 남편의 자리를 옮겨달려고 부탁했다. 얼굴에 걱정이 가득한 남편이 자리를 뜨자마자 나는 세 좌석에 붙은 팔걸이를 모두 올리고 길게 누웠다. 더 이상 동방예의지국이고 체통이고 중요한 게 아니었다. 누워 있던 나는 엄청난 메스꺼움으로 두 번이나 화장실에 전속력으로 달려가야 했고, 어마어마한 구토를 했다. 두 번의 구토 이후 약간 정신을 차리고 나니 남편에게 미안한 생각이 들어 그가 이동한 뒤쪽 칸을 슬쩍 살폈는데, 맨 앞 비상구석에 앉아 편안히 다리를 쭉 뻗고 잠들어 있었다. 영화를 보다 잠들었는지, 화면에는 여전히 영화가 흐르고 있었다.

'가장 야속한 것은 자꾸 미소 짓는 승무원도 흔들리는 비행기도 아니었구나. 바로 당신이었어.'

남편 때문에 아픈 것은 아니었지만, 아내의 화장실 전력 질주와 어마어마한 구토 와중에 함께 고통을 헤아리며 아파하지는 못할망정 영화를 보다 편안히 잠들어 있었다고 하니 괜히 얄미워 '흥!' 하며 자리로 돌아왔다. 좁디좁은 내 마음만큼 좁은 좌석에 다리를 구부려 다시 누우니, 내가 갑자기 아파서 남편도 많이 당황스럽고 여러모로 고생했다는 생각이 들었다. 아마도 증상이 가라앉으면서 이성이 조금씩 자리를 잡는 모양이었다. 인천에 내리면 갑자기 아픈 나 때문에 고생했다고 따뜻한 말을 건네야겠다는 생각과 함께 나는 깊은 잠에 빠져들었고 눈을 떠보니 인천이었다.

인천에 내려 어떻게 짐을 찾고 다시 집까지 왔는지는 기억조차 나지 않는다. 즐겁고 행복한 신혼여행의 마지막, 장장 2천여 km 캠핑카 여행의 마무리가 술병 및 급체와 함께하게 될 줄은 정말 몰랐다. 아름다웠던 여행을 정리하며 손을 꼭 잡고 귀국하는 신혼부부의 모습은 우리에게 허락되지 않았다. 긴 글로 풀어낸 기나긴 여정의 마무리가 빈약할 수밖에 없는 것은 이때의 기억이 급체로 인해 통째로 사라졌기 때문이다. 허무하기도 하지만, 그래서 인생은 참 재미있는 것!

다른 부부들은 신혼여행을 떠올릴 때 어떤 기억이 가장 먼저 스칠까? 나는 야외 취침(캠핑)의 고됨과 추위, 생애 최초로 뒤집어졌던 피부, 질리도록 먹었던 즉석 밥과 장아찌, 그리고 술병과 급체가 떠오른다. 사랑하는 이와의 추억, 아름다운 풍경은 사실 그다음이다. 그럼에도 불구하고 뉴질랜드 남섬 캠핑카 여행은 더할 나위 없는 최고의 선택이었다. 뉴질랜드 남섬의 자연은 웅장하고 아름답다는 말로 담아내기엔 너무나 대단했다. 투어버스를 타고 관광지만 돌았다면 닿지 못했을 길 위에서, 강가에서, 작은 교회에서, 작은 마을의 벤치에서, 지나치게 깨끗했던 공중화장실에서, 우리는 우리의 뉴질랜드를 만끽했다. 함께가 아니라면 해내지 못했을 고되지만 아름다운 여정이었다.

인생은 알 수 없는 것이지만, 예상에 크게 빗나가지 않는다면 남편과의 여정은 아직도 아주 많이 남아 있다. 우리의 남은 인생길에 뉴질랜드 캠핑카 여행과 같은 모험과 설렘이 계속되기를 바라본다.

우리는 또
어디로 떠나게 될까?

✳

뉴질랜드 캠핑카 여행기를 정리하고 나니 맑고 넓고 푸르렀던 수많은 풍경들이 마음에 스친다. 눈을 감으면 더욱 선명해지는 그곳을 떠올리면, 머리가 맑아지고 들이쉬는 숨결이 더욱 상쾌해진다.

우리의 뉴질랜드 캠핑카 여행은 예상보다 훨씬 더 격렬한 꿈과 모험의 고생길이었다. 반지 원정대라도 된 양 뉴질랜드 대자연 곳곳을 누비며 온갖 고생을 치렀다. 하지만 지금 생각해도 전혀 후회 없는 선택이었고, 남편이 발리 풀빌라에 흔들리던 내 갈대 같은 마음을 잡아주어 얼마나 다행인지 모른다. 물론 결혼식 전후의 고됨을 고려했을 때, 아주 조금만 더 편한 길을 택했더라면 좋지 않았을까 하는 생각이 들기는 한다. 휴양을 중심으로 한 여행도 분명 편안한 휴식을 주고 나름의 재미를 선사했을 것이다. 그럼에도 불구하고 누군가 특별한 신혼여행에 대한 의견을 묻는다면 망설임 없이 인생 최고의 경험이 될 캠핑카 여행을 권하고 싶다. 그리고 행선지는 꼭 뉴질랜드 남섬이 되면 좋겠다. 첫째, 대자연의 감동과 캠핑카 여행의 재미는 그 무엇과도 바꿀 수 없는 귀한 경험이 될 것이라 확신하고, 둘째, 고됨은 그들의 몫이기에.

우리가 달려온 약 2천여 km의 대장정을 한 번 정리해보고 싶다. 인천 공항 캡슐 호텔에서 출발한 여정은 싱가포르를 거쳐 뉴질랜드 남섬의 크라이스트처치에서 본격적으로 시작되었다. 예상치 못했던 야간 운전의 고됨으로 하루 묵게 된 페얼리 – 신비한 빙하수 데카포 호수와 푸카키 호수 – 설산의 매력 마운트쿡 후커밸리 트레킹 – 첫 주유의 추억이 깃든 오마라마 – 역주행의 아찔함 크롬웰 – 숙소의 배신 퀸스타운 – 예상치 못한 아름다움 알렉산드라 – 대도시의 매력 더니든 – 펭귄과 교회가 빛났던 오아마루 – 다시 크라이스트처치 – 다시 싱가포르를 거쳐 술병 및 급체와 함께 한국으로 돌아온 기나긴 여정이었다. 부지런히 움직였지만 숨가쁘지 않았던, 꿈같은 시간이었다.

우리는 또 어디로 떠나게 될까? 그 길 위에서 우리는 또 어떤 고생을 하며 어떤 선택을 할까?

남편과 함께할 많은 꿈과 모험의 순간이 새삼 가슴 뛰게 기대된다. 너무나 달라서 서로를 채워주는 이 사람과 앞으로도 많은 고생을 함께하며 단단해질 수 있다면 좋겠다. 무엇보다도 함께할 기나긴 인생의 길 위에 반짝이는 여행의 순간이 자주 펼쳐질 수 있도록 조속히 여행 TF를 조직해야겠다는 생각이 든다. 물론 팀장은 나다.